AF500964

 Par Jean-Louis Fernagus. Voy. p. V.

RELATION
DE LA DÉPORTATION
ET DE L'EXIL
A CAYENNE
D'UN JEUNE FRANÇAIS,
SOUS LE CONSULAT DE BUONAPARTE,
EN 1802.

EN SEPT LETTRES.

A PARIS.

Chez { DELAUNAY, PÉLICIER, } Libraires, au Palais-Royal.
MAGIMEL, Libraire, rue Dauphine.

TESTU, IMPRIMEUR DE LL. AA SS Mgr. LE DUC D'ORLÉANS ET MONSEIGNEUR LE PRINCE DE CONDÉ, RUE HAUTEFEUILLE, N°. 13.

1816.

Nota. Par l'effet de retranchemens faits pendant l'impression, la série numérale des notes est interrompue depuis 3 jusqu'à 5 *bis*, mais correspond avec les chiffres de renvoi du texte.

PRÉFACE.

IL y a maintenant onze ans que j'écrivis cette histoire, immédiatement après mon arrivée de Cayenne aux États-Unis d'Amérique. Je n'avais pas alors l'espérance de pouvoir jamais la publier sans danger; car le Gouvernement de France, ou plutôt l'homme qui travaillait dans l'ombre avec l'hypocrisie de César ou d'Octave à occuper un jour le trône, paraissait affermi si bien, que la Providence seule pouvait l'arrêter dans sa marche. Mon dessein donc n'était que de montrer ou léguer mon manuscrit à mes amis.

Je publie l'histoire de mes malheurs expressément pour désarmer les malintentionnés, ceux des Etats-Unis d'Amérique particulièrement. Je ne les redoutai jamais; mais, comme pendant les onze années que je passai dans ce pays, ils travaillèrent avec l'adresse la plus lâche et la plus atroce, à me perdre dans l'opinion des honnêtes gens, je saisis cette occasion pour me mettre moi-même à ma place; parce que je ne crois pas avoir rien à me reprocher, qui touche l'honneur.

Combien d'embûches ces scélérats ne me tendirent-ils pas! Au récit de mes aventures, ils s'empressèrent de publier que j'avais été du complot de la machine infernale. Dix-huit mois après, je reçus quelques secours de mon père, par l'entremise d'un vénérable militaire de l'ancien régime; et dès-lors, ils insinuèrent que mon histoire était un mensonge, que je n'avais pas été exilé, et que j'étais l'agent secret de Buonaparte. Il importait à leur bonheur d'empêcher les *fédéralistes* de me donner leur estime. Quand ensuite je fis un voyage au nord de l'Europe par l'Irlande et l'Angleterre, ils me firent passer pour un agent secret de Louis XVIII. En mon absence, on chercha à détruire le bonheur de mes proches par des lettres anonymes.

J'en appelle à vous, Messieurs les Américains, qui, par vos vertus ou par vos talens, avez place au tribunal de la censure : je passai chez vous cinq ans, sans rien faire, qu'étudier et écrire ; et quand j'eus perdu tout espoir de retourner dans ma patrie, ne sachant aucun métier, car j'avais reçu une éducation qui me donnait droit à quelqu'emploi honorable; j'embrassai enfin la profession de libraire que j'ai suivie avec honneur, et j'ose dire, avec quelqu'intelligence.

Je pourrais aussi m'enorgueillir d'avoir su, par ma bonne conduite, acquérir et conserver l'estime et même la confiance de LL. EE. MM. les Ambassadeurs de Russie et d'Espagne, résidans en Amérique.

Mais, revenons à mon arrestation. Certaines personnes avaient alors tant soif d'une victime, que je fus arrêté et exilé sous le nom de *Fournaguez*, qui est bien différent du mien.

Enfin me disculperai-je d'avoir écrit à la femme du premier consul, une lettre indécente, insultante et que personne n'eût jamais pu écrire même à une femme de la plus détestable compagnie? Le bruit en courut après mon départ de la prison de Paris, d'où je lui avais adressé la lettre respectueuse, et même humiliante pour moi, que je mentionne dans cette histoire. Elle n'y eut aucun égard. A quoi m'eût pu servir d'écrire une lettre injurieuse à la femme du premier consul? D'autre part, si j'eusse été disposé ou encouragé à ravaler ou à rendre ridicules certains personnages de cet abominable régime, et j'aimais assez mon pays pour lui souhaiter, sinon une monarchiet empérée, au moins un gouvernement qui eût garanti toutes les libertés raisonnables, ne savais-je pas que le moyen d'arriver à mes fins était de rendre la satire, ou le ridicule, le plus publics possible, et non pas d'écrire une simple lettre?

Mais je soumets à l'éxamen de mes honnêtes compatriotes, le certificat des griefs qui furent le motif ostensible de ma captivité.

Paris, le 25 janvier 1816.

« Le secrétaire général du ministère de » la police génerale certifie, d'après les » renseignemens existant aux archives » de la police générale (dossier n°. 1373, » série 2) que *M. Jean Louis Fernagus* a » été arrêté le 15 nivôse an dix, et détenu » à la Préfecture de Police, *pour avoir* » *composé des romans satiriques dans les-* » *quels on pouvait reconnaître les personnes* » *les plus distinguées dans la société et dans* » *le gouvernement, et pour avoir gardé* » *chez lui des couplets et des épigrammes* » *dirigés contre Buonaparte, sa famille* » *et le Gouvernement, et avoir énoncé* » *clairement son opinion dans son inter-* » *rogatoire.* »

» Bertin de Veaux ».

Je me trouverais aujourd'hui fort heureux d'avoir travaillé avec quelque efficacité à rendre méprisable et indigne d'un grand et généreux peuple, ce prétendu gouvernement si astucieusement usurpé ; et plût à Dieu que j'eusse donné au chef de ce gouvernement un motif plausible de m'imposer tant de souffrances! Mais aussi il ne manquait alors en France, ni commissions militaires ou spéciales, ni tortures raffinées ni guillotine pour m'ôter la vie, si en effet j'eusse commis l'ombre d'un crime.

Je n'ai qu'une chose à dire pour ma justification. C'est que *composer* n'est pas *publier*. Au reste, je ne composai jamais rien.

Les mots *gardé chez lui* sont admirables.

Républicains de tous les pays! hommes à idées libérales! voyez et jugez. J'en appelle à vous.

Paris, 18 février 1816.

RELATION

De la Déportation et de l'Exil à Cayenne d'un jeune Français, sous le consulat de Buonaparte, en 1802.

PREMIÈRE LETTRE.

*A M. de***.*

Prison de la police générale de Paris, 6 janvier 1802.

Il y a donc un asyle pour les honnêtes gens, quoi qu'en disent les philosophes bourrus de nos jours; car, je suis, en ce moment, et pour long-temps, sans doute, à l'abri des intempéries et même de l'aspect de la canaille. Vous savez ce que ce mot signifie maintenant.

Hier, à l'aurore, sept grands coquins, armés de l'ordre du citoyen Fouché de Nantes, ministre de la police générale, et vêtus de grandes redingottes, sous lesquelles ils tenaient caché chacun un bâton ferré par le bas-bout, sept grands scélérats, à la barbe rouge, aux cheveux huileux et plats du jacobinisme, et aux nageoires épaisses qui s'unissent sous le menton pour former un collier velu, sont venus m'as saillir dans mon appartement. Je dormais, lor squ'ils heurtèrent rudement la porte du corridor. Mon domestique s'éveilla en sursaut, alla ouvrir en tremblant, tant ces citoyens ont les manières douces et civiles. Au bruit que fit l'un des coquins, en lisant mal mon nom sur l'ordre ministériel qui ne le portait pas bien non plus, je me levai et volai en chemise à l'anti-chambre. Que demandez-vous, lui dis-je? — La portière m'a dit que c'est ici que demeure le nommé Fournaguez. Est-ce vous ? Mais non! cela n'est pas posible! vous n'avez pas de barbe... Votre père demeure-t-il ici? — Non. — Cependant, où est-il? — Oh! Il n'est pas à Paris. — Comment? Aurait-il échappé? — Ouais! Il y a long-temps qu'il n'est plus à Paris. — Où sont vos papiers? En même temps, ses six acolytes entrèrent avec joie, placèrent leurs bâtons dans différens endroits de ma chambre, fouillèrent dans les armoires, meubles, etc., jetèrent mon lit sens-dessus-dessous, ouvrirent tout, regardèrent même dans les cheminées, pendant que, saisi d'effroi à l'aspect de ces terribles agens, de ce qu'on est convenu d'appeler la *vengeance du peuple*, je lisais l'ordre fatal que le complaisant chef des Sbires me montrait d'une main. Bientôt on apporta de tous côtés sur une table les papiers, manuscrits et livres que ces Messieurs n'avaient pas sans doute trouvés propres à leur usage particulier. Ils me demandèrent une serviette pour les y mettre, et si je désirais apposer mon cachet sur la fermeture du paquet qui allait être porté à la police. J'étais toujours en chemise, mais ils me dirent qu'il fallait que je m'habillasse pour les suivre. L'un d'eux, à ma prière, alla chercher un fiacre; mais il faisait si froid, et il était si grand matin, qu'il ne s'en trouva pas sur la place. J'ai été donc obligé de marcher une demi-lieue, entre quatre de ces coquins qui, vous le savez, ont la figure si ignoble, que l'homme le plus étranger à la capitale, ne peut manquer de les reconnaître.

Je fus conduit au ci-devant hôtel d'Aligre, où est la préfecture de police. Un chef de division ou de bureau, qui avait les gestes tout-à-fait militaires, m'ordonna de m'asseoir, à six pieds de lui, vis-à-vis la fenêtre, probablement pour mieux saisir le jeu de mon visage. Une sentinelle fut postée derrière ma chaise, et une autre à la porte, et la fenêtre était garnie de barreaux de fer.

Il serait ennuyeux pour vous autant qu'il a été vexant et tyrannique pour moi, d'entendre toutes les mortelles et saugrenues fadaises dont ce vil coquin s'est occupé pendant huit ou neuf heures, sans me permettre de manger, ni boire. Ceci est un des plus puissans moyens de cette infernale inquisition, pour arracher de vous des aveux ou des mensonges conformes à leurs vues. Il suffira de dire que, pour la forme, on me fit reconnaître mon cachet, on glissa lestement sur le passeport prussien qui se trouvait dans mes papiers, passeport daté de Konigsberg, visé à Londres, et par le marquis de Luchesini, à Paris. Le jacobin m'observa rudement que j'avais mauvaise grâce à me dire prussien, puisque j'avais la physionomie française, que je ne pourrais parler allemand cinq minutes avec quiconque il ferait appeler des membres de la police. J'objectai que je pouvais descendre, comme bien d'autres, de Français victimes de la révocation de l'édit de Nantes, desquels Berlin et plusieurs villes du Nord étaient peuplées. Il me demanda avec ironie des nouvelles des princes. Prenez garde, me dit-il, votre salut dépend de votre franchise.

Nous avons ici un valet du prince de Condé. Il vous reconnaîtrait, sans doute. M'ayant demandé ce que j'étais venu faire à Paris, je lui répondis : mes affaires, et que cela était tout naturel, puisque la paix préliminaire entre la France et l'Angleterre était signée.

Il me demanda si je n'avais pas émigré. A quoi je lui répondis que la loi m'excuserait, puisque j'aurais été bien au-dessous de 14 ans, lors de l'émigration.

Si j'aimais l'ordre de choses présent en France, si je n'avais pas quelque prédilection pour la monarchie, gouvernement, dit mon argus, dont le nom seul fait frémir et dispose à la révolte les ames nobles et faites pour la liberté. Il me montra successivement l'épigramme de M. de C. *** (1), que je niai être de moi, sans désavouer qu'elle fût copiée de ma main; la comédie, appelée les *Trois Quartiers de Paris*; l'épigramme sur les chevaux de Venise; celle sur les robes aux (2) trente mille francs; celle sur (3) l'exposition de la galerie de peinture de l'année dernière; celle sur le globe-montre; et enfin, celle sur le soleil et la lune.

Cet interrogatoire fut deux fois suspendu; et dans les intervalles, j'étais encore plus surveillé par les sentinelles. A trois heures de l'après-midi, je n'avais pas encore dejeûné ; la faim me pressait. Je témoignai de la mauvaise humeur : ce qui me fit avoir un verre d'eau. Alors, on me demanda qui je fréquentais à Paris, en m'observant que je voyais beaucoup de monde. Je répondis que j'avais peu de choses à faire, et que je m'étais lié avec nombre de personnes qui se trouvaient dans le même cas.

Quel âge avez-vous ? — Environ 19 ans.

Par quelle singularité y a-t-il dans ces papiers un certificat de conscription d'un nommé...... ?

Il me le donna lors de son départ pour l'Espagne. — Ainsi, vous étiez très-lié avec lui. Qu'est-il allé faire en Espagne ?

— Mais, je pense, ses affaires. Son passeport qu'il obtint du minitre de la police, à l'instigation de madame H. *** lui donna la qualité de négociant espagnol.

L'interrogateur disparut encore pour quelque temps ; et alors il me dit :

Vous savez certainement que le duc d'Enghein, à la tête d'une poignée de dragons, fut cru, pendant trois jours, tué ou pris par les républicains. Le prince de Condé, dit-on, pleurait à chaudes larmes. — Je ne sais rien de tout cela.

Vous parlez anglais ? — Un peu.

Connaissez-vous des Anglais ? — Non.

Vous avez été avec deux Anglais chez M. de Segur, faubourg Saint-Honoré, et delà chez le général Moreau ? Quel pouvait être l'objet de la visite de ces Messieurs? Le Préfet m'a observé que vous mentez sans cesse, et que vous vous perdrez à persister

Lorsque la comtesse de Bourmont se fut jetée à genoux aux pieds du premier consul, dans le grand vestibule, elle perdit connaissance, ayant été repoussée un peu brusquement (5 *bis*) par un de ses premiers lieutenans. On la porta sur un fauteuil, et elle fut secourue par plusieurs dames anglaises. Vous étiez de leur société. Le médecin Corvisart vint. Vous fûtes vu. Vous portiez la cocarde (6) noire. Comme ensuite vous fûtes vu aux bals et fêtes donnés au comte de Livourne par les ministres, à Neuilly, à l'hôtel de Brissac, chez le ministre de l'intérieur, etc. Le ministre de la police générale envoya à un de vos amis une carte d'invitation à un thé chez lui; et lorsqu'il se présenta avec vous, vous fûtes refusés.

Enfin, l'on me fit mille questions singulières sur madame de Saint-Chamont, madame de Poulpiqué, le prince Giustiniani, madame de Fontanges, mademoiselle de Monaco; messieurs de l'Aigle, d'Espinchal, madame de Charost, etc, à quoi je répondis fort peu de choses.

Alors on fit un signe aux gardes, qui me livrèrent à un geolier qui prit mon signalement. Ce fut en ce moment que j'entrai pour la première fois dans le cloaque où l'haleine douce et tranquille des bons se mêle au souffle brûlant et empesté du pervers. O France! ô ma patrie!

Mon âme se brise. Je suis tout près de la mort. Mille pensées qui me viennent à-la-fois, et qui toutes se perdent sans se succéder, portent au fond de mon cœur un feu qui le dessèche rapidement. Je ne vis plus que de misanthropie et d'espoir de vengeance. Qu'il doit être doux d'écraser son ennemi!

Mais en faisant machinalement le tour de ma prison, je remarque qu'une fenêtre donne sur la cour de la préfecture, et comme si je n'avais pas assez de ma rage et de mon désespoir pour m'occuper entièrement, ma prison se trouve si près d'un des bureaux, que je ne puis m'empêcher de voir ce qu'on y fait. Croiriez-vous que la police vend à certaines femmes, la permission écrite de professer dans Paris, le métier d'anti-vestales ?

Il entre ici de quart d'heure en quart-d'heure, un ou deux prisonniers. L'un est un anglais qui murmure, frappe du talon, et vient de briser les vitres; un autre est un émigré français, qui l'engage en mauvais anglais, à prendre patience; un autre est une dame qui a quitté son département sans passeport, et même un militaire qui a perdu une jambe et un œil au Delta, n'est pas à l'abri des recherches, et surtout de l'ignorance crasse et brutale de ces vils inquisiteurs appelés *inspecteurs de police*; en sorte qu'il faut être au moins muet, sans bras, et peut-être sans jambes, pour se croire libre en France.

Il est dix heures et demie du soir. Tous ces prisonniers sont allés à l'interrogatoire. L'on m'envoie d'autre compagnie. La singularité du personnage et de tout ce qu'il me dit vrai ou faux, mérite bien la peine de vous raconter cette anecdote, qui m'a dérobé quelques instans de douleur.

« O Dieu ! ô Dieu vengeur, mais non as-
» sez vengeur ! s'écria mon original, s'ap-
» prochant du poële de la prison le mouchoir
» aux yeux, pourquoi m'avez-vous donné le

» jour ! pourquoi.... ! Ah ! il n'est plus de » bonheur pour moi ! Hortense va passer » dans les bras d'un.... Oh ! Ciel, assistez-» moi !... » et il se frappait la poitrine des deux mains.

Le personnage n'avait pas fait sur moi l'impression qu'on reçoit pour l'ordinaire, à la vue d'un malheureux qui porte figure humaine. Celui-là était vêtu mal-proprement; mais d'une manière qui tenait cependant plus de la négligence et d'un entier abandon des vanités du monde, que d'une pauvreté absolue. Il avait un mauvais chapeau à trois cornes, les cheveux sales et noués en catogan, la barbe longue, et tout le reste à l'avenant.

Quelques heures auparavant, j'avais demandé au geolier une fiole d'eau-de-vie, dans le dessein de combattre mon chagrin, et surtout de bien dormir. Mon vilain aperçut la fiole, et dès qu'il l'eût convoitée, je lui dis qu'il en pourrait faire usage comme moi. Je lui offris même de partager avec lui le matelas que le geolier m'avait loué. Il songeait plus à boire qu'à dormir. Bientôt il me dit : « Puisque vous me le permettez, je vais me » rafraîchir un peu ». Et ensuite.... « J'aime » à croire que vous êtes ici pour peu de

» choses. Puis-je toutefois vous en demander » la cause ? Des prisonniers comme nous ne » se cachent rien ». Je lui racontai mon aventure en substance. Il me plaignait, faisait des exclamations, joignait ses mains à chaque mot que je proférais. Enfin, j'observai qu'il m'écoutait avec beaucoup trop de complaisance : aussi, commençai-je bientôt à lui faire des questions. « Vous me paroissez aussi assez » malheureux, lui dis-je; et je vous avoue» rai que, quand je vous ai vu entrer ici » avec des gestes et une agitation si vifs et si » plaintifs, je vous ai cru un homme perdu, » disposé à se donner la mort; et j'étais d'au» tant plus fondé à penser ainsi, que les » hommes innocens, dans quelque malheu» reuse occurrence qu'ils se trouvent, ont » toujours l'œil sec et le front serein. — Ah! » Monsieur, reprit-il; il est des circons» tances où l'homme le plus ferme manque » de courage. L'amour.... — Comment, lui » dis-je, vous aussi êtes victime d'une « femme »? Alors, il commença à pleurer, et balbutia ces mots :

« Je t'adore, ô perfide Hortense! et je t'ab» horre, ô mère de mon amante »! Et se tournant vers moi : « Ce matin, je commençais ma » promenade favorite à la même heure que

» j'avais fait régulièrement pendant cinq
» mois. Je passais sous les fenêtres de mon
» Hortense. Je la vis ; elle m'envoya un léger
» salut. Transporté de joie, je voulus pénétrer
» dans le palais des Tuileries. Je voulais la
» voir, me jeter à ses pieds ; une sentinelle me
» défendit l'entrée de la galerie basse qui
» donne sur le parterre. Madame Buona-
» parte sut mes tentatives ; et bientôt son
« beau-frère (colonel du cinquième régiment
» de dragons) vint à moi, et me dit : « le pre-
» mier consul avait espéré que les trois jours
» de prison qu'il vous a fait subir, vous au-
» raient corrigé et éloigné d'ici. Vous êtes
» malheureux : il le sait. Voici (me remettant
» une bourse de 25 louis) ce que son épouse
» m'a chargé de vous donner, sous la condi-
» tion que vous ne mettrez plus jamais les
» pieds aux Tuileries ; ou s'il faut vous le
» dire, Monsieur, apprenez de la bouche
» même de l'amant aimé de Mademoiselle
» Hortense de Beauharnais, que je l'épouse
» demain ; et que le plus cher de mes de-
» voirs serait de vous punir pour jamais des
» insultes que vous lui feriez après cet aver-
» tissement, insultes qui réjailliraient sur
» moi. Mon nom est Louis Bonaparte ».

» Il me quitta ; je vociférai, et deux gre-

» nadiers me conduisirent à la grille du ma-
» nège.

» Mais, mon cœur était rempli de rage et
» d'humiliations. N'y étais-je pas autorisé ?
» Oui, Monsieur, continua-t-il, en me mon-
» trant une bague de cheveux qu'il portait :
» Voici ses cheveux; elle-même m'a donné
» cet anneau, à Fontainebleau, en présence
» de sa mère, et a reçu de moi, au même
» instant, une bague que je lui ai mise moi-
» même.

» Mais, repris-je, l'aventure était termi-
» née ce matin par votre sortie des Tuile-
» ries. Pourquoi vous a-t-on emprisonné ?

» Comme je connais presque tous les gens
» de la maison de madame Bonaparte,
» j'avais su, vers le soir, où elle irait; et ce
» devait être au théâtre Louvois. Vers neuf
» heures et demie, peu avant la fin de la
» première pièce, je m'étais embusqué près
» du théâtre; j'avais reconnu le chiffre et la
» livrée. Les élégantes descendaient déjà.
» Elle parut avec sa fille et son gendre pré-
» tendu. Les deux dames étaient déjà en
» carrosse, lorsque je m'élançai pour y en-
» trer aussi. Alors mon rival me fit saisir
» par les gardes, et conduire ici. Telle est
» l'histoire du plus infortuné des hommes »;

et après quelques minutes de silence, « mal-
» gré toutes ces malheureuses conjonctures,
» j'espère encore d'obtenir sous peu de
» temps ma liberté; mais ce ne sera, je crois,
» qu'après le fatal hymen. Alors, je pourrai
» avoir de nouveau accès au pavillon (7).
» On y fait, je vous assure, plus de cas que
» peut-être vous ne pensez, d'après la pau-
» vreté des mes habits, de l'ex-comte d'Ar-
» zac. A ces mots, je le regardai plus fixe-
» ment. Au reste, dit-il, vous pouvez me
» donner une supplique pour madame Bo-
» naparte, que vous dites avoir connue et
» vue dans différens cercles. Je vous pro-
» mets de la lui remettre moi-même ».

Que pouvais-je penser de cet homme singulier qui m'a harcelé de questions plus ou moins déplacées : d'ailleurs, d'un commerce très-agréable, et de la meilleure compagnie, et parlant sa langue avec le charme que peut donner seule l'éducation la plus complète, et une longue habitude du grand monde ?

Il vint se coucher à mon côté, après minuit. Je dormis bien; et dès l'aurore, je volai, comme un soldat, qui a passé la nuit au bivouac, à ma fiole d'eau-de-vie; mais l'amant d'Hortense aimait aussi Bacchus : le flacon était vide.

Le soleil se levait pour éclairer de nouveaux forfaits. Aussi, arriva-t-il à la prison douze ou quatorze Français ou étrangers qui, il est vrai, n'y restèrent pas long temps. C'est une coutume assez généralement observée de faire prendre ainsi l'air du bureau à ceux qui viennent pour la première fois à Paris, moyen excellent de persuader à tout l'univers que c'est ici que l'on fait le plus exactement la police.

Un de ces nouveaux prisonniers était un Français émigré, borgne, et assez gros, portant un nom allemand. Il avait un passeport, daté de Vienne en Autriche. Il n'eut pas plutôt vu l'ex-comte, qu'il lui dit : « Vous êtes de » Grenoble, Monsieur ? — Oui, Monsieur. » Votre nom est d'Arzac.. ? Le mien est... (8). » J'étais député de cette ville à l'assemblée » constituante. — Où sont messieurs vos » frères ? Je sais que l'un d'eux vient de se » marier en Bassigny. — Cela est vrai, Mon- » sieur, répartit le comte, en rougissant. » — Vous aviez autrefois un frère qui vivait, » rue du Bacq... Oui, Monsieur, dit-il, en bal- » butiant ; mais, nous ne nous voyons pas ».

Bientôt mon ex-comte appela le geolier. Deux gardes vinrent ; il sortit ; et deux minutes après, nous le vîmes se promener seul et les bras croisés, dans la cour. L'ex-constituant me témoigna alors beaucoup d'intérêt, haussa les épaules ; et, sans dire un mot, fit assez comprendre combien il s'en voulait de s'être laissé abuser sur la situation présente de la France. Tous les prisonniers prononcèrent que M. d'Arzac pouvait être un espion de police, qui se faisait enfermer ainsi, pour tirer le secret des prisonniers.

Vers dix heures, l'on me permit d'écrire, mais mes lettres ne devaient passer qu'après avoir été examinées. J'écrivis à madame de C. ***, et à M. le marquis de Luchesini, que j'étais en prison; j'écrivis aussi à madame Bonaparte, dans les termes les plus respectueux, pour lui demander sa protection et mon pardon. Je m'attachai fortement à la prier de saisir cette occasion, pour mériter encore mieux la réputation qu'elle avait d'être sensible, bonne, et surtout généreuse.

Ma lettre fut envoyée par le préfet de police au palais des Tuileries, par une ordonnance. Deux heures après, un chef de bureau me vint dire que ma lettre avait été reçue et lue; que le préfet Dubois m'invitait à prendre patience jusqu'au lendemain ; que sans doute il me ferait lui-même la réponse; qu'il se rendait tous les soirs au palais consulaire,

consulaire, pour y faire ses rapports, et y prendre des ordres; mais que les préparatifs du voyage pour la *consulta*, à Lyon, pourraient causer quelque retard, et que je n'avais rien à craindre.

DEUXIÈME LETTRE.

Prison de Versailles.

HIER, à deux heures quatre minutes, lorsque je me berçais de l'espérance que le préfet m'avait donnée, un brigadier de gendarmerie et un simple gendarme entrèrent dans ma prison, me nommèrent; et me regardant très-attentivement le visage, me mettent des fers aux deux pouces, si fortement qu'ils m'arrachent des larmes de douleur. L'un d'eux prépare une longue corde, dont il m'entoure les bras et le corps, me pressant les coudes dans les hanches. Je sors, dans cet équipage, les larmes aux yeux et le désespoir dans l'ame. Un fiacre est prêt pour moi et mes gardes. Ils me soutiennent et m'y portent. O vous, Anglais, qui vous arrêtâtes là pour me regarder, qu'avez-vous pensé de moi ? Dieu vous garde de passer aux mêmes épreuves ! Pour être étrangers, vous n'en êtes pas exempts.

La voiture allait vîte, et je ne doutais plus que l'on ne me conduisît au Temple (9); mais, arrivé au Pont-Neuf, le brigadier ordonna au cocher de conduire à Vaugirard, barrière au sud-ouest. Je vous conjure, Messieurs, de me dire où vous me menez !—« Nous « sortons de Paris (10), dit le brigadier. Vous » ne pouvez rien savoir de plus ». Alors, le gendarme toucha la corde qui me ceignait le corps, et le brigadier le regarda avec l'air d'une colère concentrée, mais méprisante. Je connus ainsi mes deux gendarmes. Le brigadier avait la figure douce et belle; le soldat avait l'air d'un orateur déguisé des comités révolutionnaires.

Arrivés à la barrière, les gendarmes trouvèrent leurs chevaux prêts. Ils chargèrent, devant moi, leurs carabines et leurs pistolets, et m'ordonnèrent de marcher devant eux. Le brigadier me desserra un peu les bras; et de son cheval il tenait la corde qui m'entourait. Il faisait brumeux, et le pavé était verglassé. Tout le reste du jour, j'eus l'idée que l'on me conduisait à Rochefort ou à la Rochelle. J'étais percé de froid; car, l'ordre terrible des malheureux qui m'ont arrêté, m'avait tellement bouleversé, que je ne me couvris alors que des mêmes légers habits de bal de la nuit précédente ; et d'ailleurs, je crois bien que les différentes lettres que j'écrivis de la prison de Paris, n'ont pas été remises. Comment donc aurais-je reçu des marques d'intérêt ou de dévouement des personnes de qui j'aurais pu en attendre ? Raffinement inoui de cruauté et d'hypocrisie digne des Néron et des Robespierre !

Dieu veut-il m'accabler ? .... Non, c'est du courage qu'il m'inspire ! Le geolier est un brutal, un tigre ! sa femme a bien l'air froid et sournois de la déesse de la Mort ! Qu'importe ! « Voulez-vous souper ? me dit-» elle ; nous ne pouvons pas laisser les prison-» niers avec nous. Voici une livre et demie » de pain noir que la loi vous accorde. Si » vous avez de l'argent, vous pouvez souper » un peu mieux ». — « Je n'ai pas faim, lui » dis-je ; pourtant il faut s'efforcer de man-» ger : préparez-moi ce que vous pourrez » me donner ». Alors le geolier m'ordonne de le suivre ; il ouvrit plusieurs verroux ; je descendis devant lui vingt ou vingt-quatre degrés qui conduisaient à un grand souterrain, dont le sol et les parois étaient blancs de salpêtre. « C'est ici que vous coucherez, » me dit-il ; mais nous allons remonter pour » souper ».

Je lui demandai quelques bottes de paille, un matelas, des draps et des couvertures : il me promit tout ; mais je n'eus enfin, pour beaucoup d'argent, qu'un monceau de vieille paille hachée par un long usage, un drap sale et humide, et une mauvaise couverture. Je ne me déshabillai point ; mon mouchoir et mon chapeau me garantirent la figure des crapauds qui grimpaient sur le reste de mon corps. Après avoir essayé de passer toute la nuit debout appuyé contre l'un des angles du cachot, je me sentis enfin si fatigué, que je me jetai sur cet horrible grabat.

C'est seulement depuis que j'ai respiré l'air des cachots, que je ne sens plus de larmes rouler sur mes joues ; il me semble que je n'ai déjà plus d'ame, et que mon corps n'est plus qu'une substance factice qui va s'éteindre bientôt et sans émotion ; et j'aurais déjà oublié l'existence, sans le souvenir presque confus de mes parens et de mes amis.

Mais je suis sorti de mon cachot. Ma geolière m'interroge et m'assure que je suis bien malheureux. Je reprends mes sens en ce moment, je la regarde et lui dis qu'elle a raison.

Elle me conseille d'écrire bien vite à mes connaissances à Paris, parce que, dit-elle, une fois éloigné de la capitale, je serai bientôt oublié, et qu'il est essentiel de remuer les machines, tandis qu'on n'a pas encore oublié mon affaire; que si j'ai des amis à Paris, il est certain qu'ils pourront provoquer mon jugement, et obtenir au préalable, que je reste enfermé à Versailles. Vous allez à Brest, monsieur, continua-t-elle. — à Brest? dis-je, qu'y faire? — Comment! qu'y faire? pour être embarqué, probablement. — Mais en quelle qualité? — Comme soldat, puisque c'est ainsi qu'on vous qualifie sur la feuille de route avec laquelle les gendarmes vous conduisent. C'est un tour de perfidie, et je n'aurais pas crù monsieur Bonaparte si méchant que ça.... ça m'étonne, car on dit partout du bien de lui.

C'est donc à l'instigation de ma geolière que je vous écris.

Mon frère ne doit pas faire la moindre démarche en ma faveur. La fortune de sa femme en souffrirait. Madame de C...., dont le second mari n'est pas rayé de la liste, ne doit non plus rien risquer. Elle pourrait perdre toutes ses espérances.

Communiquez ceci à mes parens et à tous ceux qui s'intéressent à moi.

Je viens de recevoir de M. de P... de Versailles, à qui j'ai écrit par un de mes gendarmes, trente louis.

Je passerai à Alençon, Laval, Vitré, Rennes, Lamballe, Saint-Brieuc, Guingamp, Morlaix et Brest. Tâchez de m'écrire.

Mon plus grand chagrin maintenant est de savoir si ceci vous parviendra, quoique la geolière m'assure qu'elle donnera ma lettre à un cocher de sa connaissance. Les gendarmes ont ordre de ne pas me laisser écrire. Adieu.

TROISIÈME LETTRE.

Château de Brest, le 12 avril.

Quoique je n'aye reçu aucune lettre ni de vous ni de personne, à qui ma lettre de Versailles a pu être communiquée, je n'infère pas, je vous prie de le croire, que vous n'ayez pas éprouvé comme quelques dignes personnes que j'avais l'honneur de connaître à Paris, toute la douleur que le récit de mes malheurs devait causer même aux ames les plus froides. Bien loin de là, je vous ai retrouvé dans mon imagination, vous et ces dames gémissant sur la fatalité de l'évènement et sur ma destinée. Cette idée seule peut quelquefois alléger le poids de ma peine; car je m'attends bien que mon inexorable père va me donner tous les torts dans cette affaire, et crier que j'ai toujours trop aimé à parler, et que la leçon est bonne. C'est un exemple, dira-t-il stoïquement à ma mère, qui de son côté, fondra en larmes.

Oh! oui, c'est un exemple; mais qu'il est terrible! oh! qu'il grave à jamais dans l'esprit de tous ceux qui sauront mesurer de sang-froid la futilité de la faute avec les mille douleurs de la peine infligée, la nécessité de n'ouvrir jamais la bouche; ou bien si la démangeaison est trop vive, comme il arrive si souvent en France, de chercher un asile loin des coups despotiques de la tyrannie régnante.

Mais c'en est fait, et je ne pleure plus. Chaque jour je marche cinq ou six lieues, quelquefois sept, toujours à pied et environné de mes gendarmes. Pendant huit jours j'ai eu les bras et les mains libres; mais chaque soir il faut franchir le pas affreux, entrer dans un cachot; et bien que je sois censé militaire, ne pas être traité comme tel : car, il faut vous le dire, vos petits démagogues, serviteurs de plus grands et de plus affreux sous l'empire desquels vous avez le malheur de vivre, ont eu soin d'ajouter à la perfidie la mieux combinée, qui est de m'avoir fait soldat, le tour d'adresse le plus atroce et le plus mûri. Bref, ces ressorts vivans du crime, afin qu'en effet je ne fusse jamais considéré ni traité comme simple soldat, ont fait mettre sur la feuille de route en vertu de quoi l'on m'a fait voyager jusqu'à Brest, ces mots : « *La plus stricte surveillance est re-* » *commandée aux gendarmes* » (11).

Si donc il est vrai que je dois être soldat, la loi permettant à tout homme de se racheter pour 300 fr., pourquoi ferais-je exception à la règle? Oh! que de crimes votre simulacre de Gouvernement peut commettre chez un peuple aussi aisé à manier! Quel honnête patriote de l'ancienne Rome, ou de l'Europe moderne, n'eût pas voué à l'exécration de toute la terre, la *pasquinade* de Saint-Cloud? Quel homme au monde avait droit soit directement, ou soit par le plus *inique artifice*, de dissoudre un Gouvernement faible, mais constitué par vingt-cinq millions d'hommes?

Pourquoi vous répéterai-je, ce que vous savez probablement, que je montrai à madame de M. . . . . . ., dans son salon (12) du petit hôtel, devant douze personnes, les différens couplets et épigrammes que vous aviez vus déjà ?

Il faut aussi que vous sachiez, et que tout le monde sache que j'attribue mon arrestation au dévouement officieux et intéressé de deux ou trois Euménides créoles de la Martinique, qui, Dieu seul sait à quel droit, étalent des titres pompeux chez d'autres, mais piteux chez elles, de dames de qualité. Mais chut ! n'y sont-elles pas autorisées par leur assiduité à faire deux heures chaque jour, antichambre chez la Reine des créoles, concurremment avec madame Minette (13) et le Carrossier ? Mais ces dames sont ruinées, et trouvent dans cet excès d'avilissement un nouveau moyen de corriger l'ingratitude de la fortune. Et si l'on joue deux heures par vingt-quatre le rôle vil de courtisan, au moins en a-t-on encore vingt-deux pour penser aussi, de son côté, à faire marcher tous les ressorts de son petit empire.

Je ne l'ai pas volé, comme dit le vulgaire,

car vous savez avec quelle chaleur j'ai combattu les sectes de Lesbos et de Gomorre; et le patriarche de cette dernière secte, eût-il seul travaillé à se venger des plaisanteries amères qu'on faisait généralement sur ses promenades nocturnes au Palais-Royal, le pouvoir attaché au rang de magistrat de l'illustre république, ne suffisait-il pas pour m'écraser?

Mais si je suis soldat, au moins n'aurai-je pas à me reprocher quelque jour d'être devenu général sans avoir passé par les grades, comme pourraient s'avouer quelques-uns de MM. les grands Officiers, s'ils voulaient examiner leur conscience ; et quand même je retournerais à Paris, je n'aurai jamais besoin de me faire précipiter du haut du pont de Sèvres dans un grand trou pratiqué au milieu des glaces, pour me guérir d'un mal qu'on n'acquiert que dans l'intimité des grands du jour, ou de ceux qui se piquent de leur ressembler par tous les côtés.

J'ai traité trop long-tems un sujet qui seul mérite toute la vengeance du ciel.

Jusqu'à cinquante lieues de Paris, je n'ai trouvé constamment dans les prisons que des voleurs, des assassins et des soldats. Le geolier de Nonancourt m'a dit avoir eu grand soin d'une Princesse royale de France qui y fut enfermée quelques jours avec un petit enfant. Il eut aussi sous sa garde un jeune *de Brienne*, qui, me dit-il, fut ensuite fusillé à Quimpercorentin; il n'avait que dix-huit ans.

Je ne pense pas comme ces pitoyables jolis fats qui trépignent tout ce qui n'éclate pas comme eux par le luxe. . . . . . J'ai plaint bien sincèrement, et je plains tous les jours ces malheureux soldats, l'exemple le plus certain et le plus constant du pouvoir infernal des tyrans; nulle part ailleurs, que je sache, on n'enchaîne des milliers de pauvres diables dont le crime est d'avoir fui l'armée, pour le plaisir si naturel de revoir une bonne mère, un vieux père, une maîtresse éplorée et chérie. . . . On les enchaîne, me disent les gendarmes, mais on ne les bâtonne pas comme en Allemagne, par exemple. Les verges aussi ont été supprimées, grâces à la Révolution. Mais, leur dis-je, ne comptez-vous pour rien les cinq ans de galère qu'on fait subir aux déserteurs? — Cela est vrai, me disent-ils; mais si vous saviez comme on les traite (et ils ne sont pas confondus avec des voleurs ou des déprédateurs publics), vous ne les plaindriez pas tant; ils ne portent au pied gauche qu'un léger anneau de fer, sont bien nourris; etc. Oh! vivent les Français pour effleurer les sentimens, et prendre gaiement au mieux ce qui leur arrive de pis! C'est encore un mérite qu'a cette nation dessus les autres. Ne vous rappelez-vous pas une jeune dame dansant à un bal de cent personnes, six heures après la mort de son enfant qu'elle chérissait probablement autant que son mari? Les belles femmes, il le faut dire, s'humanisent avec leurs maris les premiers jours de chaque mois, jours de sacrifice au sentiment, et pendant lesquels on veut bien ne pas faire lit à part.

Et pour seconde preuve, ne vous rappelez-vous plus ce grand benêt de roitelet cagneux, dansant à Paris, près du tombeau de son parent, dernier Roi des Français, avec une plébeïenne, et à Lyon ensuite? Le charme opère aussi sur les étrangers.

Et les Lyonnais ne dansent-ils pas sur la place Belcourt, sur le pavé teint à jamais du sang de leurs pères-héros? tout dégénère enfin.

Et ces pauvres soldats, que je plains tant, ne se plaignent pas: au contraire, ils chantent de tout leur cœur sur la route, jurent bien fermement de réparer leur faute, dès qu'ils seront devant l'ennemi, et cela nonobstant la mauvaise nourriture, les mauvais traitemens et la prison sale et méphytique où ils n'entrent jamais, sans ôter leurs chapeaux et dire un gracieux bon soir au geolier, qui vient de fermer les verroux sur eux. Avec de tels hommes, une poignée d'ambitieux (pourvu toutefois qu'ils sachent composer quelques phrases en style oriental,) réussiront toujours à se tenir fermes au faîte des grandeurs, capteront même l'esprit facile de quelques étrangers, et pourront enfin mourir non comme Cromwel qui, devenu protecteur, perdit toute la bravoure frénétique qu'il avait étant soldat, mais du moins avec la féroce satisfaction d'avoir vécu comme un Denys ou un Néron, assez paisiblement, ruinant non-seulement l'ancienne France, mais les Belges et les Savoyards et les Genevois, sans omettre les Suisses paralytiques, l'Italie abâtardie, et les mesquins et piteux (14) Espagnols, uniquement pour repaître le nez de la canaille de Paris, de la fumée de quelques beaux feux d'artifice, et à l'Opéra, du spectacle de cinq ou six Phrynés, chargées des diamans de la triple tiare, ou troqués contre le Saint Ignace d'argent, ou contre Notre-Dame-de-Lorette (15).

Mais, je l'avoue sans rougir, mon cœur redevient sensible, quand je me rappelle Paris. Je regrette, autant que Julien, sa Lutèce enchanteresse; et malgré tout ce qu'elle renferme d'horrible et de crimes inconnus aux Nations civilisées, j'agrée avec vous que c'est encore là où le cosmopolite trouvera des jouissances qu'il n'aura pas connues dans le reste du monde; et, Messieurs de Paris, ne vous enorgueillissez pas de cet aveu, et examinez plutôt si la main invisible du Très-Haut qui seul fait tout bien, et qui veut vous faire aimer le luxe, les vanités et le libertinage, afin que vous trouviez dans vos affections le principe de votre destruction, si, dis-je, cette main invisible n'est pas la cause que vous avez plus que le reste de la terre, de ces belles créatures dont Phidias et Praxitèle nous avaient donné l'idéal. Pour la beauté de l'ame, n'en parlons pas; et, puisque vous dédaignez les belles qualités départies à l'homme, pourquoi demanderiez-vous que vos femmes, qui vous imitent et doivent vous imiter en tout, possédassent tous les précieux dons de la Nature dans sa pureté? Car, ma philosophie, aigrie du spectacle des crimes de votre ville,

ne m'empêche pas de le dire sans cesse:
« Oui, la première femme fut donnée au pre-
» mier homme pour qu'il en fît son idole,
» et qu'il eût toujours sous les yeux l'image
» de la Divinité; mais, à n'en juger seule-
» ment que par vos Laïs de Paris, par vos
» (16) Egyptiennes; ah! que Dieu a bien eu
» raison de maudire sa ressemblance (17)!

Mais c'est avoir beaucoup trop dit pour mériter un sort bien plus terrible que le mien. Si la police voit cette lettre, on me fera enfin subir un jugement; et même il n'est pas improbable que, vû l'urgence du cas, le premier consul fît dresser un Sénatus-Consulte exprès, pour me faire mourir d'une manière nouvelle. Mais vous, que n'auriez-vous pas à craindre? Louez donc une fois les faiseurs de révolutions d'avoir renversé la Bastille; car pour ne plus faire mentir le proverbe de la canaille, à qui l'on avait persuadé qu'il y avait des oubliettes dans ce château, on en eût construit exprès pour des criminels de lèze-majesté comme vous. (18).

Dieu est le grand-maître, et j'en juge par le caractère ferme et la sérénité qu'il me prête pour recevoir les mauvais traitemens, les apostrophes et les sarcasmes de quelques bandits gendarmes à pied, noyeurs de profession sous Carrier à Nantes : mon silence obstiné les décourage, et ils se taisent.

Si je n'ai nulle consolation dans mes maux, je trouve du moins quelque distraction, et même matière à affermir mon dégoût pour les hommes.

Ce ne sont plus des parisiens ou des gens voisins de cette ville impure, que je rencontre dans les prisons : c'est une classe d'hommes prétendus coupables non pas d'avoir volé, brûlé, chauffé, tué, déserté, mais d'avoir porté les armes pour *Dieu et le Roi.* Ce sont de francs Bretons, hommes de bonne foi, dont le zèle désintéressé les porta à soutenir une guerre aussi juste que destructive, pour éloigner de leurs provinces le poison des innovations, d'où devaient naître l'athéisme et l'anarchie. Ils allaient au combat avec le premier outil aratoire trouvé sous la main, quand l'alarme sonnait, sans marques militaires, et comme ces Romains qui ne connaissaient d'autre salaire que le salut de la patrie.

Cette guerre offre des résultats singuliers. Henri fit décapiter Biron et d'autres principaux conspirateurs. Ici, les simples soldats sont sacrifiés ; tous les jours on en fusille

quelques-uns

quelques-uns en Bretagne. Ici des machines, les hommes sans génie sont décimés ; et les plus coupables (politiquement parlant), les chefs de l'armée royale et catholique ont eu leur pardon, et n'ont pu résister à l'offre d'une fortune agréable que leur fit faire votre premier Consul, par Hédouville et Brune.

En effet, si vous vous êtes montrés braves à Granville, à la Gravelle, à Vitré, vous n'avez jamais eu l'universalité de talens départis si à propos par le ciel *au petit Prêtre Italien, à l'œil sournois et au visage cuivré*, que vous avez reconnu pour votre chef légitime : car, un peu plus prévoyans, ne deviez-vous pas concevoir que votre premier pas aurait été d'entrer à Paris bien surveillés, et le second d'aller gémir le reste de vos jours dans quelque bastille moderne?

Mais non! . . . . vous n'y gémissez pas toujours! Vous dansez! vous chantez la Marseillaise, le matin; et Vive Henri IV, le soir. Mais, tout Français que vous êtes, l'heure où le coq chante arrive, et vous faites alors mille réflexions qui, je le pense comme vous, sont bien amères! vos yeux se sont donc dessillés? Mais les 50,000 francs de rente que le premier Consul vous avait assurés, sont déjà affectés à rentrer dans le coffre des économies, qui ne s'ouvrira que lorsqu'il contiendra le milliard (19) promis aux défenseurs de la patrie. Vous mangez du pain d'ivraie, et votre philosophie est fort tranquille, lorsqu'il vous vient dans la tête, une fois par quinzaine, que vos trésors, vos chères et divines moitiés peut-être se fatigueront de votre absence.

Jamais les étrangers n'eurent plus réellement l'occasion de frapper au cœur de la France, que par les côtes de Bretagne. Tous les bras des fervens Bretons leur étaient ouverts; tous les cœurs les appelaient à grands cris. Tout était possible alors : mais peut-être le ciel vit en pitié les dames de Paris, comme il avait fait celles de Champagne, lorsque le Roi de Prusse quitta Verdun, et retourna droit à Postdam, pour faire sauter, d'un coup de canon, un moulin qui masquait une des perspectives de Sans-Souci.

Le geolier déverrouille les portes; je n'ai que le tems de cacher tout ceci dans ma paillasse.

Le facteur de la poste m'apporte une lettre, et se retire avec le geolier. J'éprouve la joie que procure une bonne nouvelle, dès long-tems souhaitée. Point de signature; mais j'ai déjà reconnu l'écriture de ma bonne et vieille amie madame de Saint-Chamont, qui, au nom de mademoiselle Félicité Dupetit-Thouars, et au sien propre, m'invite à aller rendre visite à quatre principaux de Brest, parmi lesquels M. Terrasson, officier de l'ancien régime. Cette lettre m'informe que plusieurs dames, après trois jours de démarches et de recherches dans tous les bureaux, les ministères, etc. sont parvenues à savoir du commandant de la place de Paris que j'étais soldat, conduit en cette qualité jusqu'à Brest, et que j'avais reçu, avant mon départ de Paris, un habit complet de militaire.

Que de bonté! que de dévouement chez ces dames! et que de perfidie chez les tyrans qui ont machiné ma perte! Hé! je ne suis point soldat; c'était un prétexte pour m'alarmer moins aussi bien que mes amis; c'était pour m'*escamoter* sans éclat. Loin de pouvoir servir mon pays, j'en suis jugé indigne. Bientôt je vais perdre de vue cette terre natale, hors de laquelle un vrai Français ne saurait vivre. Déjà je vois les voiles favorisées, et le pilote se réjouir de la brise... Enfin je vais être déporté. En vain j'ai demandé par dix lettres au général Meunier et au préfet Caffarelli la permission de porter les armes pour mon pays. Ce n'est plus des soldats qu'il faut.... ; la terre est repue de sang : les hommes ne seront plus guillotinés, noyés, fusillés. Ces moyens de tyrannie sont usés : mais on les enverra à deux mille lieues de l'Europe, sans jugement, sur un simple ordre ministériel dicté d'après le *Je veux* du tyran, pour traîner une vie de misère, de pleurs et de toutes les privations, dans des déserts devenus dès long-tems la sentine de l'Europe, ou dans des climats brûlans où l'on a l'unique plaisir de se sentir mourir.

Je vais être transporté à Saint-Domingue. Des ordres, qui me concernent, sont arrivés ici, il y a plus d'un mois, et ont été envoyés, par le vaisseau le Tourville, au général Leclerc, gouverneur de cette colonie. Je m'attends bien à n'être pas ménagé, et d'autant moins encore, si madame Leclerc, qui saisirait toutes les occasions pour (20) regagner les bonnes grâces de son frère, le *tout-puissant*, savait que j'ai démérité, un seul instant, de la Déesse de votre monde.

J'ai appris cette nouvelle désastreuse de l'adjudant - général Mailler, qui est venu exprès pour me l'annoncer, au nom du général Meunier, et m'a fait un charmant compliment, à la républicaine, en me disant : « Je

» suis venu, de la part du général de terre, « à qui vous avez écrit, pour savoir quelle « espèce d'homme vous étiez ». La politesse moderne n'est-elle pas exquise ?

Dans l'accablement où je suis, j'ai pourtant une consolation, qui est de penser que je supporte seul et avec une fermeté presque au-dessus de mes forces, les souffrances qu'il m'était si facile de faire partager à plusieurs personnes, en les nommant dans mon interrogatoire. Mais aussi, pensé-je que mes amis me plaignent, et qu'ils n'ont pas craint, un moment, une telle lâcheté.

J'ai reçu, à Alençon et à Brest, de l'argent, sans lettre. Je ne sais donc qui en remercier.

Il me faut dire un éternel adieu à ma bonne et trop sensible mère, à mon père, à tous mes amis, à ma déplorable patrie! Je vois ma mère entourée de ses enfans, demander mon pardon au Dieu de miséricorde, fondre en larmes, et mourir. Ah! du moins, je ne l'ai pas déshonorée; ma faute ne m'a pas flétri; et je mourrai aussi, mais toujours digne d'elle.

Mes respects et mon amitié à tous ces Messieurs et ces Dames; et vous, acceptez la dernière ligne que je trace en *France*, comme l'hommage de la plus chère confiance et croyez aux sentimens respectueux, avec lesquels, etc.

QUATRIÈME LETTRE.

Prison de la Providence, Cap-Français-Saint-Domingue, 20 juin 1802.

DIEU ne veut pas la mort du pécheur, me disait quelquefois ma bonne mère; mais, je vous assure qu'il ne veut pas plus celle des malheureux; car, j'ai bien souffert, je souffre l'agonie, tous les jours; et pourtant, je sens que j'ai long-temps encore à vivre.

L'homme s'accoutume à tout, dit nonchalamment une petite maîtresse, dans son boudoir bien chauffé et garanti du froid par les six ou huit doubles portes bien fourrées de son appartement; ou bien un soldat français, qui, revenu de la guerre, avec une seule jambe, boit un verre de vieux vin à côté de sa maîtresse, à l'ombre de quelques ormeaux. Dites-leur, vous qui pouvez les voir, qu'ils se trompent grossièrement, et que les chefs de votre *manequin* de *république* ont inventé les supplices, au prix desquels la guerre et le bivouac, et ce que vous appelez adversités, ne sont vraiment qu'un jeu : telle est ma situation que, jour et nuit je délibère sur les moyens de me donner la mort. Caton, me dis-je, s'est tué, tenant le livre de Platon sur l'immortalité de l'ame; mais, je n'ai pas ce livre, pas même un clou. Enfin, soit couardise, soit un reste d'attachement à la vie, je délibère toujours, et ne m'arrête à aucune ferme résolution.

Pendant ma détention au château de Brest, un homme qu'on avait arraché des bras de sa femme et de ses enfans pour le rendre à son régiment, qu'il avait déserté, se leva un certain jour de grand matin, et avec un outil de sa profession de *couvreur*, vint au pied de mon lit se couper à fond trois doigts de la main droite. Cet homme n'a pas cru, je pense, se fermer par là les portes de l'éternité. Il voulait s'exempter d'aller à la guerre, et il savait bien qu'il en serait quitte pour être l'objet d'une loi spéciale, qui transmettrait son action prétendue lâche, et son nom à la postérité. Mais à quoi bon me couper les doigts, ou un bras? mon ame n'en sera pas moins souffrante, et je me serai rendu ridicule aux yeux du moins philosophe.

Qu'un huron, selon Voltaire, ait voulu se donner la mort, et qu'il eût le droit de le faire; ceci est bon dans un roman. Notre vie est-elle à nous? mais elle est un bien pénible fardeau quelquefois. Un fat se pendra pour avoir été moqué, un amoureux pour ne plus essuyer les rigueurs d'une bégueule; et nous voyons quelquefois des amiraux ou des généraux se briser noblement la cervelle, pour prouver d'autant mieux qu'ils n'ont jamais été lâches, et que la capricieuse fortune n'a pas voulu leur sourire.

Mais j'ai beau raisonner; je n'en suis pas moins en prison, au *secret*, depuis trente-trois jours, et Dieu sait si j'en sortirai autrement que les pieds les premiers. Un nègre m'apporte à deux heures le morceau de pain convoité dès le matin. J'ai encore quelqu'argent; mais les prisonniers au secret, ne peuvent manger que la ration de la république.

Ceci me donne occasion de faire des rapprochemens bien douloureux, car combien ai-je été maltraité par mes geoliers de France! mais aussi je me rappelle avec une sorte d'ivresse, la manière dont j'ai été reçu à Rennes, cette ville qu'on dirait habitée par des parisiens du tems de Henri IV.

Deux stations avant cette capitale de la Bretagne, mes gendarmes m'avaient déclaré incapable d'aller plus longtems à pied. J'étais malade, desséché par le chagrin et la fatigue. Un commissaire des guerres ordonna pour moi, jusqu'à nouvel ordre, un cheval ou une charrette. Je partis de Vitré, dans une mauvaise voiture, non couverte, et ayant pour siége une demi-botte de paille. Vers le soir, nous entrâmes dans un faubourg de Rennes. Les balcons et les fenêtres étaient remplis de curieux. Jugez quelle souffrance ce fut pour moi de passer, enchaîné par le milieu du corps, portant du linge sale et un habit encore assez bon. Bientôt, nous fûmes entourés de la populace, parmi laquelle se trouvaient quelques dames de bon air, jusqu'à la porte de Latour-le-Bat, où je fus enfermé avec deux cents prisonniers. Je fis alors cette réflexion : Pourquoi, par tout pays, les femmes montrent-elles plus de sensibilité que les hommes? Celles-ci, au moins, n'ont pas cessé d'être femmes; mais les hommes sont devenus des tigres, sans s'en apercevoir. A Paris, une dame de bonne mine redoute les occasions de répandre des larmes, et va, du même pied léger, aux concerts de Garat, ou à Bagatelle; ou bien se placer aux fenêtres de la place de Grève, pour y voir supplicier soit un chauffeur (21), soit un prétendu conspirateur (22).

Ici je fus enfin traité comme militaire ; et, pour la première fois, je respirai le même air que les soldats. Les criminels étaient dans une autre cour. L'on me donna un lit, je n'en avais pas eu depuis Paris.

Le lendemain, une dame aussi noble dans les traits et le maintien que respectable par sa profession évangélique, une sœur religieuse de l'ordre de *la Conception*, et que chaque soldat se complaisait à appeler sa sœur Marie-Anne, vint dans la prison accompagnée d'un vieillard que j'ai su depuis être un charitable médecin et des plus estimés de la ville. Je demeurai coi dans mon lit. La sœur Marie-Anne s'approcha et observa au médecin que j'étais probablement un nouvel arrivé. Bientôt le geolier, homme bon et complaisant, quoique sévère sur son devoir, vint à moi et m'engagea à descendre à la geole ou pistole. Cest-là que passent, le jour, les prisonniers qui ont quelqu'argent à dépenser. J'y trouvai quelques personnes d'assez bonne mine. J'eus bientôt appris qu'ils avaient servi dans l'armée royale et catholique ; qu'ils étaient en prison depuis plus de dix mois sans avoir jamais été interrogés. Ils m'invitèrent à dîner ; ce que j'acceptai de bonne grace, et finirent par m'accabler de ces questions de province sur la mode, les collets noirs ou verts, les cravattes et les cols, les chemises à la victime, les bras et le sein nus des dames de la nouvelle France, sur leur manière de parler, de drapper un cachemire et placer un diadême, sur la politesse de la Chaussée-d'Antin, sur les couleurs favorites pour les chapeaux de femmes et pour les habits d'hommes, pour les chiens et pour les singes, sur le grand singe vert de madame de L. . . . ., sur la walse et la gavotte, les chansons, arriettes, épigrammes, calembourgs, sigisbés et dames à la mode, sur Garat et Elleviou, sur les invalides qui habitaient le château de Versailles, sur ce qu'on entendait par les Egyptiennes, la nouvelle Danaé, un canezou, un ridicule, des suppléans, sur la quêteuse de Saint-Roch, sur le thé et le café, la sauce Robert, le beef-stake et l'ami de madame de L. . . . . Heureusement la dame religieuse vint. Sa présence mit fin à toutes ces sottises.

Elle était accompagnée d'une dame de Coigny ou de Coignac dont le fils se trouvait en prison. (Il n'y resta que trois jours). Ces dames s'excusèrent sur leur curiosité à savoir mon histoire, en m'assurant qu'elles m'interrogeaient par pur intérêt pour moi. Leur air noble et de bonne compagnie m'encouragea. Je leur racontai toutes les circonstances de mon arrestation ; et, comme tous ces Messieurs en prison, elles parurent singulièrement étonnées. Ils avaient tous perdu le souvenir des tems de justice de Robespierre, Saint-Just et Couthon. Madame de Coignac me quitta en disant qu'elle allait écrire à madame de Mirabeau, son amie, à Paris.

La bonne sœur Marie-Anne ne me perdit plus de vue pendant les onze jours que je passai en prison à Rennes. Elle alla prier le général Brune, commandant militaire alors, de me laisser reposer quelques jours. Elle lui demanda ma liberté à condition que j'entrerais dans l'armée. Le général Brune répondit que ma destination était Brest, que le gouvernement avait probablement quelques motifs particuliers de se débarrasser de moi.

Cette belle et excellente dame passe sa vie à répandre ses soins et les consolations que savent donner seules les filles de Dieu. Il suffit d'être un malheureux soldat pour occuper sa belle ame tout entière. Elle est secondée dans cette vie de bonnes œuvres par trois ou quatre autres dames de la même congrégation, lesquelles vivent en séculières à Rennes, depuis la suppression des couvens. La sœur Marie-Anne a dans la prison une petite chambre très-propre, ornée de tableaux et d'une petite chapelle. Elle avait, il est vrai, prononcé de nouveaux vœux. Vous allez frémir.

Sous le régime à jamais excréable et honteux pour la France, lorsque Robespierre, semblable à la terrible mort, promenait de Paris jusqu'aux confins de ce malheureux pays sa faulx sur toutes les têtes qui avaient joui du respect qu'imposent la bravoure, les dignités, la beauté, toutes les vertus, la religion, les talens et la fortune, une dame aussi charitable et pieuse que la sœur Marie-Anne ne pouvait échapper au glaive. Elle fut donc arrêtée et sans forme de procès conduite à la guillotine, qui pour lors était en permanence à Rennes. Déjà on lui ceignait le corps avec les courrois de la bascule. Ses longs cheveux venaient d'être coupés par une main qui n'eût jamais dû approcher que des criminels. Elle avait conservé sa raison et sa dignité. La religion lui donnait ce courage. Toute la garnison, au nombre de six mille hommes, était sous les armes. Douze soldats furieux se font jour à travers la foule, le sabre dans les dents, les pistolets dans les mains, haranguent, en trois mots, leurs frères-soldats, qui demeurent atterrés, volent sur l'échafaud, enlèvent au bourreau la *patiente*, qu'ils entourent, font de leurs corps et de leur rage un rempart inexpugnable, et portent en triomphe leur *trophée vivant* jusques dans leurs casernes, où, fondant en larmes de reconnaissance, elle jura, *à haute voix devant Dieu* et devant les hommes, de consacrer *sa vie au soulagement spirituel et temporel* des soldats prisonniers qui passeraient à Rennes.

Ces messieurs prisonniers pendant les quatre ou cinq premiers jours se tinrent avec moi sur une réserve qui fut *hauteur* bien puérile sans doute, puisqu'ils étaient prisonniers comme moi, et qu'ils n'avaient ni de très-grands noms ni de très-hauts faits à alléguer en leur faveur. L'un deux un matin vint m'apporter une gazette de Paris contenant un rapport du ministre de la police générale sur une arrestation qui eût lieu le même jour que la mienne. Ce monsieur prétendait que ce devait être moi; que le ministre peut-être avait changé le nom à dessein, ou bien que je ne portais pas le mien propre. Je lus cette gazette. Si ce rapport du ministre me concerne, c'est un tissu de mensonges atroces. Il dit que l'homme arrêté s'était lié avec plusieurs officiers de la maison de Bonaparte, que quelquefois il s'était glissé jusques dans les cuisines, etc., etc. Vous savez bien que je n'ai vu les Bonaparte que dans des maisons tierces, au collége des Irlandais et chez madame de M..... Mais ce rapport sent trop les contrefaçons jacobines, comme la prétendue correspondance du duc d'Entraigues à Vénise, la machine infernale fabriquée par Buonaparte lui-même, affaire qu'on appela *la seconde Journée des Dupes*, puisque les prétendus chefs purent se sauver, et qu'il n'y eut de sacrifiés que des hommes à la tête exaltée, mais qui avaient sur leur compte la faute d'exécrer les tyrans de tous les noms. Et ne peut-on pas aussi, avec raison, y faire entrer en comparaison le projet d'assassinat, à l'Opéra, par Ceracchi, Dèmerville, Arena, etc. Est-il bien vrai que le soulpteur Ceracchi eut un poignard sous son habit ? Ils moururent innocens, mais avec le courage des héros.

Il y a donc de la trahison dans le rapport *pro formâ* du ministre, en admettant que j'aie été l'objet de ce rapport ; car pourquoi n'a-t-il pas employé mon nom ? Il est tout aussi sage de croire que ce n'est pas moi qu'il a voulu dire. Dans ces tems fameux où les légers Français dorment sur la clémence du premier Consul et de sa femme, on arrête plus d'*un homme en un jour* à Paris. Robespierre est *ressuscité*, et *il sait* maintenant monter à cheval.

Si vous voulez voir son Ménechme, allez au Caveau des Aveugles, péristile de Radziwille, Palais-Royal, et demandez Louis, l'un des valets : vous verrez là le masque de votre illustre ! Dit-on jamais que le fils de Philippe, ou bien César, aient trouvé quelque part leur ressemblance ?

Mon voyage de Rennes à Brest a été aussi monotone, aussi accablant, que de Paris à Rennes. J'ai entendu raconter bien des horreurs commises par les soi-disant *républicains*, pendant la guerre de la Vendée. Mais les *crimes* commis au nom du Gouvernement sont devenus si fréquens, que les Français se sont familiarisés avec le régime de la terreur. A Nantes, on parle légèrement des mariages républicains de Carrier, le représentant du peuple ; et à Lyon, des motions du philanthrope Chalier : ce nouveau Procruste a été panthéonisé. A Paris, au Palais-Royal, la canaille va voir dans un caveau

une

une figure d'homme habillée en sauvage, c'est-à-dire, que tout son corps est couvert de soie couleur de chair, et ses hanches, d'une grosse peau de mouton noire; il bat sur deux tambours admirablement bien : on va en foule le voir, et cet adroit comédien est l'homme qui a coupé la tête de Louis XVI !

A Guingamp j'ai trouvé en prison MM. Dugasperne et Boisboissel : ce sont des émigrés rentrés; le second est fort gai et bon musicien, l'autre a perdu la tête.

Le geolier créole de la Basse-terre de la Guadeloupe, et sa jolie femme m'ont comblé de bontés; ils m'ont procuré des douceurs que je n'avais pas eues depuis Paris. Quand je partis, je voulus leur donner de l'argent, ils le refusèrent et pleurèrent : les gendarmes à pied se moquèrent d'eux et se mirent en colère. Dans toute la Basse-Bretagne j'ai été mis sous la garde de quatre et quelquefois de six gendarmes.

Un ancien capitaine de cavalerie est venu tous les jours voir ces messieurs; c'est un homme de très-bonne compagnie : il me remit une lettre de recommandation pour le maire de Morlaix son ami. J'y arrivai le lendemain, le maire *ne fit rien pour moi*; je vis la maison où naquit l'immortel Moreau

M. de Trogoff m'a permis de partager son lit, dans la prison, à Saint-Brieux.

Enfin nous gagnâmes Brest ; elle n'est pas très-fortifiée du côté de la terre ; les rues sont larges, droites, pavées de grès, et illuminées comme Paris ; un théâtre, deux ou trois places publiques, l'esplanade plantée d'arbres qui domine la rade, des maisons de pierre de taille : voilà Brest.

La ville est séparée du port par des grilles de fer, et le port l'est de la rade par une chaîne mobile.

Le port n'est qu'un canal d'une petite lieue de long. Du côté de la ville est un quai fort large, surmonté des ateliers, magasins, corderies, etc., tous établis par Louis XIV ; l'autre côté est une petite ville appelée *Pontaniou*, qu'on peut regarder comme un faubourg de Brest.

De la fenêtre de ma prison, je vois la sortie de la rade intérieure au-delà du goulet. Tous les jours de nombreux corps de troupes s'embarquent pour Saint-Domingue et pour la Guadeloupe, et toutes les minutes je vois des galériens passer dans le château.

Ces misérables sont enchaînés deux à deux, font les travaux du port, nétoyent les vaisseaux et les rues. Les gardes de la chiourme sont méprisés.

Dans l'ancien régime on y voyait des prêtres, des magistrats. Aujourd'hui il n'y a plus que des voleurs, des assassins, ou des déprédateurs publics. Les soldats condamnés aux galères, sont dans d'autres ports.

Il y a peu de tems qu'un de ces galériens s'échappa, et parvint à passer par la porte de terre à la campagne, déguisé en général de brigade, ayant sur sa tête rasée une perruque blonde. Bientôt, selon la coutume, l'on tira trois coups de canon. Le soi-disant général courait à travers les champs, et comme les généraux ne voyagent pas à pied, il fut bientôt arrêté et remis à la galère.

Avant-hier, la citadelle et les forts tirèrent le canon pour célébrer la paix qui vient d'être signée à Amiens. J'augurai favorablement d'une si grande nouvelle, et j'aimais à penser qu'une telle époque serait le terme de mes maux et un tems de clémence et de pardon pour tous ceux qui n'avaient pas commis de crimes. Que j'étais fou de supposer quelque générosité chez des tigres! vers le soir, l'adjudant de place Potel, et six soldats me conduisirent en rade à bord de la corvette la Bacchante. Là, je fus consigné aussitôt qu'embarqué. Deux officiers me firent quelque politesse et beaucoup de questions, après quoi le capitaine, M. Carpentier, me fit donner un hamac et une place parmi les passagers.

J'ai appris qu'il y avait à bord d'un vaisseau de guerre, un prisonnier d'état, arrivé de Paris. Son nom est Dupaty.

Les plus notables de ces passagers étaient des officiers de toute arme qui rejoignaient leurs corps à Saint-Domingue. Un autre était remarquable par sa volubilité, son langage mielleux, et surtout son air entendu. Aussi était-ce un Toulousain qui, fournisseur à l'armée d'Italie lors de la première campagne des Français dans ce pays, avait fait une fortune colossale, et dévoré aussitôt un bien si mal acquis avec les enchanteresses de Milan et de Gênes, et qui allait dans l'autre hémisphère pour faire une nouvelle tentative du même genre, et regagner, disait-il, ce qui lui avait été volé par les Français.

Un autre se disait parent de Bonaparte, et se faisait appeler Grimaldi.

La rade de Brest doit être une des plus belles du Monde; elle a six lieues de large sur cinq; elle reçoit plusieurs rivières, et se précipite dans la mer par un goulet au milieu duquel est la roche *Mingan*. Tout le passage est armé de batteries à fleur d'eau.

Après trente-trois jours de navigation, nous aperçumes la terre. C'était Porto-Rico. Le capitaine fit diminuer de voiles. Il se plaignait de ne voir aucun navire ni pilote. Il en inférait que l'expédition contre Saint-Domingue avait échoué. Le soir, nous reconnûmes les écueils appelés les Sept Frères, où l'un des plus beaux vaisseaux de guerre de cette expédition périt corps et biens.

La brise de terre vint nous embaumer de l'odeur de mille parfums. Il serait difficile d'exprimer la joie des voyageurs à cette odeur aromatique et balsamique, qui dispose à la langueur, bientôt à la volupté, et enfin berce l'ame et l'invite au repos. Ce pays doit être un paradis, disait l'un. On doit y être bien heureux! vous n'y voyez pas le Ciel sombre et lugubre de l'Europe; la nature n'y paraît jamais dans sa paleur et dans sa hideuse léthargie; et les chagrins domestiques et l'ennui, et les maux que la civilisation a donnés aux hommes, doivent s'oublier ici bientôt.

Le lendemain un pilote nous fit franchir la passe sous le fort Picolet; elle n'a guères plus de cent pieds ds large. Le vaisseau l'Océan, en entrant en *rade* il y a quelques mois, foudroya le fort. Ce magnifique bassin n'est accessible qu'ici; une chaîne de rescifs le ferme jusqu'à la petite passe, qui n'est praticable que pour des bateaux.

Ce spectacle m'a fait éprouver de bien douces sensations. Que de merveilles pour qui n'aurait pas vu ailleurs les grandes beautés de la nature! La rade du Cap Français est superbe; à gauche est le village de Limonade. Les bords de la Loire et ceux du lac de Genève sont bien pittoresques, mais on les oublie ici. Vous ne voyez ici ni châteaux, ni immenses apanages entourés de grilles et de murailles; mais on ne se lasse pas d'admirer Limonade, tous les bords de la rade, la plaine dont l'étendue embrasse une ouverture d'angle de cent degrés, et augmente de plus en plus jusqu'à six ou sept lieues, où s'élève tout-à-coup une chaîne de montagne toutes coniques, amphithéâtrales, et que des nuages épais et immobiles semblent couper en zônes, à différens intervalles, la jolie ville du Cap, et ses hauteurs inaccessibles à l'œil, et dont la chaîne entoure à moitié la ville sans la cacher; et cette chaîne se prolongeant en retour jusqu'au fort Picolet; au pied des collines, à mi-côte, ou sur leurs sommets, d'innombrables habitations de pierre blanche, à deux ou trois étages, ornées de jolies galeries peintes diversement, et assez saillantes pour qu'on y jouisse du grand air de la brise de mer, sans craindre la terrible impression du soleil; des jardins symétriques, des statues, des vases de marbre, partout l'air de la richesse et de la prospérité qui semblent régner d'accord avec la nature qui, constamment active, prodigue ici les fleurs et les fruits si vantés, si recherchés en Europe, et qui ici sont le produit de travaux faciles.

Nous mouillâmes à un mille de la ville, en face ; il y avait à l'ancre quelques centaines de *navires* marchands, et en tête cinq ou six vaisseaux de guerre. Quelques douzaines de canots couverts de draperies, de feuillages et de fleurs, et d'où l'on entendait les sons de la musette, volaient en tous sens sur la rade. Il plut quelques minutes, et je vis aussitôt des colonnes de vapeurs épaisses s'élever de toutes les parties de la ville, et même des habitations. Quelle horreur qu'une ville incendiée ! Le Cap fumait encore de sang et de feu ; tous les murs étaient noirs, les toits ruinés ou en cendre. La belle façade du palais du Gouvernement, où demeurait

Toussaint Louverture, avant l'incendie, paraissait seule avoir bravé la flamme, et commander encore à un monceau de ruines, large de deux milles.

Le sixième jour, après bien des démarches du capitaine de la corvette, après bien des prières de ma part, je fus débarqué sous l'escorte d'un officier et d'un sergent. Quel triste spectacle ! les rues, naguères si propres, si régulières, étaient encombrées de ruines ; les maisons sans portes, et çà et là quelques fantômes au teint de l'agonie ; beaucoup de soldats, dont les visages, il n'y a que quelques mois si animés, si agréablement colorés par l'air vif et froid des bords du Rhin et du Danube, étaient déjà flétris par l'impression brûlante du Soleil, et par l'air d'une contagion plus destructive encore. Cette ville perd tous les jours deux ou trois cens personnes ; les nègres seuls sont à l'abri de ce fléau. Un superstitieux en inférerait que le ciel veut la destruction totale du sang européen dans ces climats.

Je fus conduit chez le général Duguat, commandant la ville. Son secrétaire, joli cavalier bien *important* et qui tire toute son illustration du nom de *sa sœur* ou sa mère comédienne du théâtre Français de Paris, me dit, après avoir lu un petit écrit que venait de lui remettre un de mes gardes, « ah! » ah! .... vous êtes M. .... Il y a long-tems » que nous vous attendons....... On dit que » vous avez beaucoup d'esprit? .... Asseyez-» vous donc je vous prie...... » Et l'instant d'après, « à propos, vous allez aller en pri-» son.... Savez-vous cela? » Hé, repartis-je à ce barbare railleur, avec l'accent de la rage, « je » m'y attendais bien et je saurai braver votre » tyrannie, moi qui souffre les vexations les » plus inouies, toutes les privations, la prison, » les fers depuis plus de quatre mois ». = Il expédia un ordre au geolier et appela deux soldats qui me conduisirent au cachot. Hélas! me dis-je encore une fois; en tems de guerre j'aurais pu espérer de tomber au pouvoir des Anglais!

Nouvel acte révoltant du despotisme du gouvernement militaire, où l'homme qui *a déplu* au tyran, ou à qui l'on ne peut trouver un crime assez grand pour lui couper *la tête* ou l'envoyer à la galère juridiquement, se trouve en but aux outrages, aux rigueurs, au petit despotisme de toute l'infernale valetaille des *proconsuls* et des satrapes du Vitellius moderne. Je ne serais pas étonné d'entendre les Français regretter le régime de la terreur.

Il y a dans cette prison, depuis l'arrivée de l'armée, de trois à quatre cents détenus. Il n'est pas indigne de remarque que dans le nombre se trouve un colonel ou lieutenant-colonel qui a les fers aux pieds et un boulet attaché à ces fers. Les soldats prisonniers l'accablent d'injures. Pour moi je suis au *secret* dans une cellule de six pieds carrés. Il y a quatre ou cinq malheureux qui gémissent dans les cellules voisines. La plupart sont accusés d'avoir trop penché pour la cause de Toussaint-Louverture. L'un d'eux est chirurgien de l'armée. Il me dit un jour de sa fenêtre, ces mots :

« J'étais de l'expédition partie d'Europe pour la reconquête de Saint-Domingue. Il y eut dans différens ports 45,000 soldats d'embarqués et environ 25,000 matelots. Le point de ralliement des flottes devait être Samana, petite île en arrière de la colonie. La jonction se fit difficilement très-près du Cap.

» Le pavillon français flottait sur les forts, ce qui surprit beaucoup tous les militaires. Bientôt nous entendîmes une vive altercation dans la chambre de l'amiral. Le premier consul, dit Villaret-Joyeuse au général Leclerc, m'a fait part de ses volontés. Et celui-ci : « Mon frère ne désapprouvera jamais ce que les circonstances m'auront paru nécessiter. Le bruit cessa et un parlementaire fut dépêché à Toussaint-Louverture.

» Trois heures après, le parlementaire revint. Les matelots dirent: » Ah! nous avons vu des milliers de nègres armés et bien insolens. Tous les blancs sont en fuite vers les montagnes. Les magasins sont fermés et tous les navires marchands lèvent l'ancre.

» Bientôt nous entendîmes une autre querelle entre les généraux. Leurs femmes y prirent part. Quelqu'un dit : nous sommes assez forts. Il faut patienter jusqu'au bout.

» Le lendemain un autre parlementaire fut expédié et revint presqu'aussitôt. Les signaux ou vigies flottans sur les écueils de la rade, furent ôtés par des nègres à nos yeux. Alors le général Leclerc déchira et perça de son épée un superbe habit chargé d'or et un chapeau à trois panaches enrichi d'un diamant, lesquels nous présumâmes avoir été destinés par le premier consul pour le général nègre ; et le cri de guerre ! guerre ! se fit entendre par-tout.

» De ce moment le vaisseau l'Océan entra en rade en tirant sur le fort Picolet ; toute la flotte suivit et bientôt nous vîmes le spectacle le plus horriblement beau que j'aie jamais vu. Une ville de deux milles de large sur un de profondeur, était devenue une mer de feu et de fumée de toutes les couleurs, qu'éloignaient çà et là des explosions d'artifices, de mines, de barils de poudre à canon. Le signal du débarquement fut donné : alors généraux, soldats, matelots, tous mirent pied à terre les armes à la main; mais il n'y avait plus dans les rues que quelques vieillards blancs des deux sexes, expirans; et le petit nombre des soldats qui ne s'amusèrent pas à disputer aux flammes les richesses les plus portatives, purent voir des bataillons de négres armés grimper, en fuyant, les montagnes qui dominent cette malheureuse ville.

» L'armée prit ses quartiers dans la ville et aux environs. Le général Leclerc fit aussitôt publier une proclamation aux habitans blancs de la Colonie, pour les instruire de son arrivée et des intentions du premier Consul. Quelques dixaines de veuves, leurs enfans dans les bras, reparurent, après avoir échappé d'un côté aux nègres révoltés, de l'autre aux soldats, dont un grand nombre, autorisé sans doute pleinement à cet effet, s'était occupé à assassiner et piller le peu de vieillards qui étaient demeurés dans leurs habitations. Cès vieillards, n'ayant jamais maltraité leurs esclaves, avaient cru que ceux-ci auraient respecté l'asile de la vieillesse et de l'enfance. Et comment auraient-ils prévu que l'armée française venait, sous le prétexte de rendre la Colonie à la métropole, pour en décimer les habitans et piller leurs trésors? Ils ne savaient pas qu'il y avait en Europe des milliers de scélérats qui, n'ayant pu jusqu'alors acquérir une fortune de quelques millions, au milieu du désordre général de la révolution, avaient tourné leurs yeux sur les fortunes colossales de Saint-Domingue. Par exemple, le général L. . . . . avait demandé au premier Consul le commandement de cette expédition, en lui disant : « Tu sais que je n'ai que 1,800,000 fr., » et pourtant je me suis montré aussi bien » que M. . . . ., qui a douze ou quinze fois » plus que moi ». Mais vous devez savoir, continua mon voisin prisonnier, pourquoi la demande de L. . . . . , qui d'abord fut accordée, resta sans succès. Les prodigalités de madame Leclerc, pendant les trois derniers mois de son séjour à Paris, furent cause que son mari, aussi méchant administrateur qu'ignare tacticien, eut le gouvernement de Saint-Domingue : promotion que les initiés regardèrent comme une disgrace et un exil. Au reste, M. Benezech, ancien ministre de l'intérieur, lui avait été adjoint comme *administrateur civil*, par le premier Consul, qui n'avait jamais douté de l'impéritie de son beau-frère.

» Hélas! toute la gloire du nom français s'est éclipsée ici. Je n'ai vu, parmi les généraux, que de lâches pillards ; parmi les soldats, que les mêmes mauvais sujets, qui sont ordinairement triés dans les armées européennes, pour les garnisons des Colonies.

» Si l'intention du premier Consul était pure, celle du Proconsul et de ses subalternes a été constamment d'achever la ruine de ce malheureux pays. De tous les généraux des différentes divisions de l'armée, pas un n'entreprit de faire la guerre selon les règles. On s'est borné à quelques escarmouches. A Plaisance, un général s'est caché derrière une masure; et j'ai vu quinze mille soldats s'emparer d'un fort qu'ils avaient bloqué pendant trois jours, et où l'on ne trouva pas un des trois mille nègres qui en composaient la garnison la veille encore. Voilà des faits notoires, et qui révoltent l'ame; car, comme j'ai dit souvent (et c'est pourquoi j'ai été mis en pri son), puisqu'il avait été fait tant d'innombrables sacrifices pour la reconquête de Saint-Domingue, et pour la destruction des nègres, les généraux devaient épuiser tous les moyens, pour un succès qu'il était alors possible d'obtenir.

» Mais, non! Cependant, Toussaint-Louverture vient de capituler. Cet homme, sans génie, sans moyens, s'est laissé prendre aux promesses fallacieuses du gouverneur; et vous savez avec quelle loyauté l'on suit maintenant les traités.

» Chaque jour, on fusille, on canonne également blancs et noirs. Il n'y a point de tribunaux organisés; et tel homme que vous entendez dans les cours voisines, perdra la tête peut-être demain, peut-être ce soir.

» Ceux qui ont déplu, mais qu'on ne peut convaincre d'aucun crime, sont arrêtés et déportés à l'île de France ».

Le lendemain matin, le geolier vint, dès l'aurore, m'avertir de me préparer à partir. Une heure après, je sortis de prison; mais où me conduit-on! Six gendarmes blancs ou noirs m'entourent moi et deux blancs enchaînés, et dont le visage, le langage et les gestes annoncent des hommes familiarisés avec le crime. Cette fois-ci, je ne porte pas de chaînes.

Un des soldats a la bonté de me porter mon paquet, composé de deux livres à moitié déchirés, et une tasse de fer blanc, paquet dont la légèreté me met d'accord avec Diogène et Senèque.

Nous fûmes conduits à bord du vaisseau, commandant la rade, et monté par M. Latouche-Tréville. Un de ses lieutenans nous fit bientôt aller à bord de la corvette la Nathalie, où je fus accueilli par le même lieutenant qui devait la commander, et par les aspirans de marine, qui me donnèrent toute liberté de finir cette lettre.

J'ai écrit aussitôt au général Leclerc, pour le prier de renvoyer au général du port de Brest, ce que celui-ci pourrait lui adresser pour moi, au nom de mes parens ou de mes amis. Vous inférerez de ceci que j'ai l'espoir de retourner en France. Mais, je vois à bord dix-neuf prisonniers, la plupart de l'état-major de Toussaint-Louverture, et qui vont être enchaînés et même cramponnés, encore que le capitaine de la corvette les plaigne en secret.

J'apprends que ces deux hommes, de mauvaise mine, auxquels j'ai été accolé depuis la prison, étaient l'un canonnier, et l'autre forgeron sur le vaisseau l'Océan, et ont égorgé et pillé des vieillards européens sur une habitation près du Cap.

Cette circonstance me fait faire de fâcheuses conjectures. Le capitaine ne veut pas dire la destination de son navire. Il m'assure qu'il me servira de tout son pouvoir, et que l'amiral Latouche-Tréville lui a parlé en ma faveur.

Nous appareillerons vers minuit. Adieu. Communiquez ceci à mes amis.

CINQUIÈME LETTRE.

Prison de Nancibo, à 18 lieues
de Cayenne, janvier 1803.

RECONNAÎTREZ-VOUS l'écriture d'un malheureux expirant dans les déserts de la Guyanne? Si du moins je n'étais pas captif, j'irais dans les immenses forêts de ce pays sauvage, disputer aux tigres et aux singes une nourriture de beaucoup préférable, sans doute, à la cassave moisie, aux bananes vertes, et à la ration de harengs pourris que le Gouvernement de cette colonie, plus barbare mille fois que les bêtes féroces, m'accorde au nom de la république.

Il me faut donc mourir ici sans nourriture, sans secours, sans la douce consolation d'arroser de mes dernières larmes une lettre de vous ou de mes parens.

Ah! que les ordres des despotes sont mal exécutés; ou plutôt, combien les hommes sont toujours disposés à être méchans! Victor Hugues, cet effroyable tyran, qu'il suffit de nommer pour indiquer l'homme puissant qui réunit lui seul les penchans homicides des Denys, des Néron et des Robespierre, Victor Hugues pouvait rendre ma condition supportable; mais il a depuis quinze ans toujours à cœur de renouveler les supplices longs et exécutés avec autant de sang-froid que de barbarie calculée, rapportés dans les anciennes annales et dans le martyrologe. Vos républicains despotes ne pleureraient-ils pas enfin de repentir, s'ils voyaient comme on altère ici la forme des châtimens imposés de leurs palais européens?

Il y a environ un an, j'étais en prison à Paris. Depuis, j'ai porté des fers pendant 160 lieues. J'ai couché dans dix cachots et vingt prisons, souvent au milieu des criminels. J'ai traversé 4000 lieues de mer, dans l'attente continuelle de la mort. Mais, je suis enfin arrivé à ma destination. Conamama et Senamary sont devenus fertiles de la dissolution des cadavres de cinq cents prêtres, législateurs, généraux, hommes d'état. Un troisième désert sera fertilisé de mes restes mortels et de ceux des malheureuses victimes qui me succéderont dans les prisons de Nancibo.

Comment ferai-je pour consacrer ma gratitude envers le lieutenant de vaisseau, M. Fournier, qui commandait la corvette la Nathalie, cet homme généreux qui m'a comblé de biens et de consolations durant le voyage du Cap à Cayenne? Il m'a donné sa table; et sans ses soins je serais arrivé ici aussi nu et dépourvu que les malheureux officiers (23) de Toussaint-Louverture, qui pourtant avaient fait embarquer trente ou quarante malles pleines de riches vêtemens.

Après cinquante-quatre jours de mer, nous sentîmes les courans de la rivière des Amazones, dont l'embouchure a, dit-on, soixante lieues. Elle est perpendiculaire à l'équateur; et la chaleur y est si forte, qu'il serait impossible d'y vivre, si ce n'était qu'il y règne éternellement une douce brise qui cependant ferait encore préférer les étés brûlans de Séville ou de Naples.

Nous atteignîmes enfin les petites îles appelées *le Père*, *la Mère*, *les Filles*. Ce fut sur une de ces îles que Victor Hugues fit enchaîner par le cou et par le corps les dix-sept déplorables victimes de la déloyauté du général Leclerc.

Toutes ces petites îles offrent le spectacle le plus séduisant. Ces masses coniques, d'un ou deux milles de tour, sont touffues d'arbustes et de fleurs, de leurs sommets jusques dans la mer. Elles sont habitées par quelques nègres et blancs attaqués du mal rouge. Ce mal est fort commun dans la Colonie; et on le dit le même que la lèpre.

Malgré toutes les humiliations que j'avais souffertes jusqu'ici, mon amour-propre renaquit à l'idée que j'abordais une terre où avaient respiré les Pichegru, les Barbé-Marbois, les Villot, les Barthelemy; que comme ces hommes illustres par leurs malheurs non moins que par leurs vertus, j'allais être soumis à des épreuves auxquelles ne résistent jamais les ames vulgaires.

La ville de Cayenne est située agréablement et défendue par un monticule rond et applani à sa cîme. C'est là le fort de Cayenne. Il n'y a aucune autre fortification dans la Colonie, qui est bornée par de grands fleuves et par la mer.

Toute la côte est plate et presque inaccessible. A Cayenne, il y a au plus seize pieds d'eau. Les frégates mouillent dans la rade extérieure, à six milles du fort. Il y a de bons mouillages pour des navires de 300 tonneaux à Oyapoc, Kourou, Aprouague et Senamary.

Ce fut à quelques lieues de ce dernier village de la Guyanne, vers la frontière qui la sépare du Surinam, (à Conamama) que furent transportés plus de cinq cents prêtres, la plupart hommes de bonne foi, et surtout lettrés. Tous avaient résolu de mourir plutôt que de prêter serment de fidélité à un code qui avait ébranlé la religion catholique en France. 470 moururent en trois mois. Ce lieu que le gouverneur d'alors avait assigné pour leur tombeau, est sur le bord de la mer, à l'embouchure d'une rivière du même nom. Jamais il n'avait été habité, pas même par les indigènes.

Non-seulement ces illustres victimes du despotisme de Robespierre avaient été dépouillées de leur patrimoine, même de quelqu'argent ou bijoux cachés à la rapacité de leurs gardes en France, pendant le voyage de mer et pendant leur captivité à la Guyane:

on les avait pour ainsi dire abandonnés à eux-mêmes, quoique gardés par quelques soldats. Rarement ils recevaient de Cayenne le tiers ou la moitié des alimens nécessaires à la vie; encore était-ce le plus souvent des alimens communs aux nègres esclaves ou quelquefois des provisions gâtées ou dès long-tems pourries au fond des magasins.

Quand cet atroce gouverneur, digne ministre d'un gouvernemen tqui sanctifiait tous les crimes, vit que le but etait à-peu-près rempli, c'est-à-dire, que presque tous les prisonniers avaient succombé, il envoya à Conamama, Desvieux, général de la Colonie, qui, après avoir examiné pendant quelques minutes ce laboratoire de la mort, où l'un confessait son voisin mourant, où un autre récitait les prières de l'agonie tenant la main d'un vieux chanoine qui exhalait le dernier soupir, commença à se frotter le front, en disant : « Diable ! diable ! je ne savais pas cela..... Mes amis..... Je vais vous faire transporter à Senamary. Vous y vivrez plus agréablement. Je ne pensais pas que ce pays fût si mal sain...... Mais aussi vous buvez de l'eau salée..... Pourquoi boire de l'eau salée? = Général, il n'y a pas d'eau douce ici, et pour en avoir, il faut aller à plusieurs milles dans les bois qui ne sont habités que par des tigres, des serpens et surtout par des maringouins et mille autres insectes qui ont tué plusieurs de nos amis, et d'ailleurs nos gardes sont là pour nous empêcher de sortir de nos hamacs. Desvieux les fit transporter au petit fort de Senamary où presque tous moururent.

Quelques années après, Pichegru, Villot, Barthelemy et les autres *fructidorisés* furent transportés de Cayenne à ce même fort. Jeannet, neveu de Danton, gouvernait alors.

Ceux-ci éprouvèrent des rigueurs sans doute, mais Pichegru, prisonnier dans la Guyane, était un objet de terreur pour le gouverneur et pour le général, et de respect pour tous. Et certes, beaucoup de ses consorts durent à sa présence les ménagemens dont le gouverneur usa envers tous les *fructidorisés*. Ils pouvaient s'éloigner jusqu'à cinq lieues, et l'on voyait tous les jours Pichegru chasser sur le bord de la mer. Le gouverneur lui envoya cinq ou six des plus belles quarteronnes pour son ménage.

Pichegru un jour dit au général Desvieux qui venait lui communiquer des ordres du gouverneur. « Tu viens me lire des ordres... Qui es-tu ?=Je suis le général Desvieux.

= Je n'ai jamais ouï parler des exploits d'un tel général.... Je ne te connais pas.... Pour moi, je suis Pichegru. »

Vous avez probablement lu la narration de la déportation du conquérant de la Hollande, et de sa fuite avec quelques braves de ses camarades vers la colonie de Surinam qui était alors au pouvoir des Anglais.

Aussitôt que nous eûmes jeté l'ancre, le capitaine alla porter ses dépêches au gouvernement. Il revint bientôt me dire que le gouverneur désirait de me voir : Il me conduisit aussitôt à lui.

Victor Hugues était dans sa baignoire, le corps nu, dans un grand appartement où il y avait pour tout meuble quelques chaises : il nous fit asseoir.

Je voulus lui adresser la parole, en commençant par *Monsieur*. Il me répondit qu'il n'était pas un *Monsieur*, qu'il était le commissaire général délégué dans la Guyane Française.

Quel est votre nom ? continua-t-il ; je crois que vous êtes le même scélérat chevalier de Ferragues qui prit part au premier incendie du Cap-Français : quel âge avez-vous ?

Environ vingt ans ; il y a dix ans au moins que cet incendie eut lieu.

= Le général Leclerc m'a envoyé des dépêches ; tenez, lisez vous-même ce qu'il m'écrit.

La lettre contenait ce qui suit :

Leclerc, capitaine général de l'Ile de Saint-Domingue,

Au citoyen Victor Hugues, commissaire du Gouvernement délégué dans Guyane Française.

« Citoyen,

» Je vous envoie vingt prisonniers, parmi
» lesquels sont dix-sept nègres et trois
» blancs.

» Seize de ces nègres étaient officiers de
» l'état-major de Toussaint Louverture.

» Le dix-septième est un ci-devant juge-
» de-paix, nommé *Belair*, convaincu d'es-
» croquerie.

» Les trois blancs sont :

» Hainaut, canonnier de ma-
» rine ; et Blocquerst, forgeron, } assassins.
» à bord du vaisseau l'Océan,

» Et F. . . . . . . couvert de crimes.

» Je vous recommande de condamner les

» dix-sept nègres aux travaux les plus rigou-
» reux de la Colonie que vous commandez;
» ils doivent toujours porter des fers.

» Salut et fraternité.

LECLERC.

Au Palais du Gouvernement,
Cap-Français, 28 floréal an 10.

A ces mots : *couvert de crimes*, je fis un cri de rage et de désespoir. Alors Hugues dit : Il est singulier qu'on m'envoie ainsi des hommes sans être jugés ; quel est le crime de celui-ci? Dites-moi ce que vous avez fait?

— J'ai montré des épigrammes et des chansons à Mde. . . . . et à plusieurs personnes qui se trouvaient chez elle à Paris ; le surlendemain j'ai été arrêté par ordre du ministre de la police générale.

— Si vous dites vrai, reprit-il, vous n'êtes qu'un royaliste ; et en vérité ç'aurait été une triste peccadille aux yeux du premier Consul. Eh, mon Dieu ! quel est le Français qui n'a pas fait quelques plaisanteries plus ou moins fortes de ce genre là ? Nous-mêmes, nous nous divertissons quelquefois sur le compte de Bonaparte ; dernièrement nous avons appris qu'il s'est fait consul à vie : nous avons fait là-dessus une plaisanterie.

Mais, si vous croyez avoir quelque titre à la clémence du premier Consul, écrivez-lui; j'apostillerai votre pétition que j'insérerai dans mes dépêches qui partiront demain pour Dunkerque : allez faire votre pétition, et me l'apportez.

Je retournai en hâte faire cette pétition, que je présentai à Hugues. Les deux jours suivans j'allai à terre en toute liberté. Hugues m'y vit plusieurs fois; le troisième jour, il se promenait avec ses officiers sur le bord de la mer; il les quitta, vint à moi et me dit : Où allez-vous? retournez à bord, je saurai bien vous empêcher d'en sortir. Deux heures après, le lieutenant de la corvette reçut ordre de me consigner.

Les dix-sept nègres restaient toujours enchaînés, mais ils furent débarqués quelques jours après, comme j'ai déjà dit, sur une des petites îles au vent de Cayenne, où ils furent erampонnés et enchaînés par le col et par le corps, debout. Ils moururent tous en dix-sept jours.

Le lieutenant de la corvette, M. Barré, m'avait toujours témoigné quelque amitié. Il me permit de faire des extraits du *Neptune*, et me donna une boussole de terre qui, disait-il, pourrait me servir quelque jour, pour fuir de la colonie.

Le lendemain, deux gendarmes et un brigadier vinrent me prendre avec les deux blancs assassins. On nous mit dans une barque à rames. Je n'eus pas le tems de dire adieu au bon capitaine Fournier. Le brigadier vint à moi en disant, qu'il avait ordre de me mettre les fers aux mains. Les deux blancs assassins restèrent parfaitement libres. Nous montâmes alors la rivière la Comté ou de Cayenne, jusqu'au chantier de Nancibo, d'où je vous écris.

Deux milles avant d'arriver, il faisait encore nuit. Nous vîmes de la barque, dans l'épaisseur des brouillards de la rivière, une légère lueur. Je demandai ce que c'était, parce qu'elle était immobile et bien plus grosse que le feu des mouches à feu, qui sont énormes et innombrables dans ce pays-ci. On me répondit que c'était un morceau d'un certain *arbre*, qui brûlait aussi doucement que le *coton* enfermé dans du *suif*, et que cette espèce de cierge brûlait au milieu d'un *carbet d'Indiens* qui étaient tous couchés autour dans des hamacs suspendus; cette habitation était entourée d'arbres et d'arbustes épais à dix pas des bords de la rivière.

Nous entendîmes alors le coup de *canon* du réveil et le tambour qui battait comme dans les citadelles de France. Je ne doutai plus alors de mon sort. Je prévis que j'allais être bien gardé, et probablement bien malheureux.

Nous arrivâmes à Nancibo à l'aurore. Les gendarmes nous conduisirent à la grande case. Guitton était lévé; deux flambeaux étaient sur une table. Huit ou dix nègres armés de fouets étaient aussi dans la case ou sous la galerie. Guitton me parut avoir alors quarante ans. Il était vêtu d'une veste de laine et d'un pantalon de nankin. Sa tête était entourée d'un mouchoir à la manière des créoles du pays, qui le gardent tout le jour même sous le chapeau, pour se garantir, disent-ils, des coups de soleil. Il lut avec un ton d'importance, la lettre de V. Hugues, que le chef de nos gendarmes venait de lui remettre. J'avais un *sac*. Bientôt Guitton me demanda mon nom, me fit ôter mes poucettes, et m'ordonna de vider mon sac. Il y avait dedans deux cahiers de *papier à lettre*, un encrier, des plumes, un couteau *anglais*, de la pommade, une brosse à *dents*, deux tomes de la vie du dauphin, père de Louis XVI, *quelques linges et vêtemens*, *et vingt-trois piastres.* Guitton ordonna à un *nègre* de s'emparer de toutes ces choses, et me fit rendre *mon sac.* Aussitôt nous fûmes mis en prison.

Ce moment fut le plus désastreux que je passai jamais. Je ne balançai pas à croire que ce petit *cloaque*, au milieu duquel était un poteau et des chaînes, était le *nec plus ultrà* de mon voyage *terrestre.* Je vouai Victor Hugues aux Enfers ; mais la perte de mon encrier, de mes plumes, de mon papier, et de mon livre, cher et seul livre qui me restât, et qui était rempli des vertus, de la sagesse et du courage du père *du plus malheureux des Rois*, et dans lequel j'aurais pu *puiser* tant de bonnes maximes, et trouver tant de fortitude, la perte de tout ce qui *me restait* dans ce désert où j'allais être séparé *du monde sensible*, m'irrita encore plus. Mon visage était *brûlant ;* je versai quelques *larmes.* Je songeai à me tuer.

Mes acolites juraient comme tous les diables, faisaient déjà des projets de fuir et de se venger. Une cloche sonna, c'était le signal de l'appel. On passe tous les matins les nègres en revue avant de les envoyer au travail. Nous entendîmes crier, appeler, vociférer. Deux minutes après nous vîmes à travers une légère ouverture toute la *férocité* dont est capable un homme puissant et inhumain. Nous vîmes, moi c'était la première fois de ma vie, une esclave de vingt-six ou vingt-sept ans, attachée à un gros oranger dont l'écorce avait été enlevée dès long-tems par les coups de fouet. Les mains *seules* étaient attachées par des poucettes, en sorte qu'elle embrassait *l'arbre* qui allait servir à son supplice. Le *bourreau* fit tomber *le camisard*, espèce de petite *jupe croisée sur la hanche*, formée de deux ou trois mouchoirs *en pièces*, qui tombe jusqu'aux genoux. Il lui ôta aussi sa *varreuse*, petite chemise-haute de huit pouces que les élégantes négresses emploient pour se couvrir un peu la gorge, et qui a de longues manches, fort larges. L'ordre affreux se *fit entendre* de Guitton. Je distinguai ces mots : « Capitaine, rappelle-toi que c'est » *le congé* ». Cela signifie que cette femme, qui avait été condamnée à un certain temps de détention à Nancibo, qui est aussi appelé maison de correction, avait passé ce temps, et qu'elle allait ce jour-là être renvoyée à son maître, avec un papier écrit de Guitton.

Le capitaine, ou *bourreau*, donna 45 coups de fouet *affreux* à la pauvre victime. A chaque coup, elle poussait un cri, à chaque coup nous vîmes le sang sortir de ses reins... Horreur!... tigres!... je ne puis plus peindre vos *cruautés!*.. je ne les avais vues que dans l'histoire... Aujourd'hui j'acquiers la preuve que l'homme est le plus barbare des êtres.

La négresse fut débarrassée de ses poucettes. Elle ramassa son camisard et sa *varreuse*, et partit en poussant des cris affreux. Une autre négresse subit après le même supplice; un *nègre* reçut 142 coups.

Il y avait environ deux heures que nous étions en prison, quand Guitton se la fit ouvrir; nous fûmes conduits par lui à travers la cour des *supplices*, à l'une des cases de bois qui étaient rangées sur les quatre faces d'une grande cour: le pavé est ce que la nature l'a fait. Il y a à gauche et à droite deux lits-de-camp, chacun assez grand pour dix *personnes*. Au milieu de la case, qui a une porte pour toute ouverture, est un petit exhaussement et quelques pierres; c'est ici le *foyer:* c'est ici que chacun des *prisonniers* fait cuire, à tour de rôle, son riz, ses bananes et sa ration de hareng.

Guitton nous indiqua à chacun nos places, et se retira. Bientôt on appela les *nouveaux venus:* c'était pour nous donner des vivres du pays, ou la ration accordée par le Gouvernement

ment aux prisonniers. Nous avions tous grand faim; *et nous goûtâmes le couac*, espèce de farine en *grumeaux*, faite de la racine du manioc, et plus cuite que la cassave qui est faite de la même racine. Les prisonniers qui étaient au nombre de sept, dont deux Français et cinq Allemands, nous indiquèrent la manière de le manger; ils nous prêtèrent des *couis* et callebasses, dans lesquels nous mîmes notre *couac* à tremper : cette farine boit l'eau à vue d'œil; elle est un peu aigre, et assez agréable au goût; les nègres la préfèrent à la cassave.

La cloche sonna bientôt, c'était pour annoncer neuf heures; on retourne au travail, à ce coup de cloche, jusqu'à midi. En déjeûnant nous interrogeâmes les Allemands et les Français, sur les causes de leur détention.

Les Allemands nous dirent naïvement qu'un soir étant en *ribotte*, ils rencontrèrent Victor Hugues dans les rues de Cayenne, et qu'ils lui dirent en créole, en lui envoyant leurs savattes à la tête : Voleur, voleur de soldats, tu as de beaux habits, achetés à nos dépens. Glorifie-toi de tes soldats qui n'ont pas de souliers aux pieds; ou si tu doutes que cela soit vrai, vois-les toi-même, en lui jetant leurs savattes à la figure. Victor Hugues, en homme prudent, se retira dans une maison voisine. Les soldats continuèrent leur route, en chantant, en jurant. Ils allèrent à la garnison à l'heure fixe. Mais, vers dix heures, ils furent saisis, chargés de fers, et conduits à Nancibo, où ils gémissaient et travaillaient aussi rigoureusement que les esclaves, depuis plus de sept mois. Ils étaient tout jaunes et fort maigres. Je ne plains pas, au reste, ces Allemands, qui paraissent être de fort mauvais sujets. Ils se volent les uns les autres.

Les autres prisonniers, comme j'ai déjà dit, étaient des Français. C'était un nommé Pavilliot, *ancien sergent*, sachant lire et écrire, ce qui est un prodige dans ce pays-ci, même aux yeux des blancs. Il était ivrogne et voleur.

Le dernier était Leclerc, cordonnier, natif de Lyon ou du Bugey. C'était un homme vigoureux, mauvais sujet, ivrogne, traître, dénonciateur, et qui avait été déjà environ sept ans dans la Guyane. Il avait été déporté en même tems que beaucoup de prêtres qu'on avait embarqués à Rochefort. Le gouverneur lui avait donné la liberté après deux ou trois ans de captivité. Il eut querelle avec un habitant de Senamary qu'il assassina d'un coup de rasoir.

Vous voyez que je suis entouré de *braves gens*, et que Nancibo a remplacé le Senamary, le Conamama et Cayenne, toutes places célèbres par l'exil de bien des brigands et de bien des honnêtes gens.

Nancibo est une simple habitation sur le bord de la rivière. On l'appelle *poste*, parcequ'il est gardé par seize soldats et un officier des sapeurs noirs, et quelques petits canons. C'est pour y tenir en obéissance une centaine de nègres condamnés au même supplice que moi, c'est-à-dire, à travailler sur la crête des montagnes tout le jour, leurs corps ruisselant de sueur sous l'ardeur assommante d'un soleil sans nuages, et qui dès qu'ils sont rentrés le soir à l'habitation, sont emprisonnés.

Ces victimes de la cupidité des Européens sont devenues rebelles à leurs maîtres. L'un a déserté, un autre a volé des fruits, un autre s'est mêlé de sortilège, etc.; mais tous avaient reçu au commencement de la révolution, l'heureux don de la liberté; et Victor Hugues, sans employer le mot d'esclavage, a su les asservir de nouveau, et les punir plus rudement que dans l'ancien régime.

Alors ils s'estimaient heureux, quoique bien loin du bonheur que le droit de la nature leur avait sans doute assigné comme à tous les hommes. Le petit coin de terre qu'ils avaient reçu de leurs maîtres, suffisait à leur ambition. Ils trouvaient dans la forêt voisine, le bois et les feuillages propres à la construction de leurs cases. La terre prodigue ici, leur donnait en échange de quelques soins, le manioc, les bananes et les fruits des tropiques. Chaque quinzaine, ils avaient un jour pour cultiver leur propre terre, chaque dimanche, ils élevaient leurs cœurs vers le Tout-Puissant, chaque soir, hommes, femmes, enfans, dansaient au son du bamboula, tambour dont battaient les plus vieux.

Il y a ici une autre classe de nègres, appelés *libres*. Plusieurs d'eux appartenaient à M. de la Fayette. Ils travaillent autant que les autres, ne sont pas payés, et des soldats les mènent aux travaux. On les fouette sans miséricorde pour la plus légère faute.

Mais la barbarie du chef de cet établissement (Guitton, né à Rennes en Bretagne, autrefois chapelier), se manifeste surtout, et le visage de ce scélérat rayonne de joie, chaque fois qu'il y a, comme il dit, des expéditions à faire. C'est la coutume de faire lever trois heures avant le jour les nègres prisonniers. Ils marchent nus pour l'ordinaire, et ont une chaîne au corps et à l'un des pieds. Leurs capitaines sont obligés de courir après eux dans une vaste cour, en leur donnant des coups de fouet. Si le capitaine ne fait pas son devoir, il n'a pas sa ration de tafia, et il est fouetté lui-même par un autre capitaine.

Tout nègre ou négresse, même les quarteronnes, envoyés en punition ici, aussitôt qu'ils arrivent, sont attachés par les mains à l'oranger, et reçoivent ici vingt-cinq et souvent jusqu'à cent coups de fouet. Généralement au neuvième ou dixième coup, le corps sanglante déjà. J'ai vu d'habiles fouetteurs enlever à chaque coup des tranches de la peau, longues de douze ou quinze pouces. J'ai vu des piqueurs, pour se venger des rebuffades de quelques belles négresses qui leur avaient refusé leurs faveurs, *ordonner* aux fouetteurs de *piquer à la gorge*, afin de les rendre difformes ou corriger leur coquetterie. Quand un prisonnier ou prisonnière a consommé le tems de la correction, pour congé on lui donne toujours vingt-cinq coups de fouet : il n'y a guères que celles qui ont été choisies par Guitton, pour ses femmes, qui échappent au congé.

Au reste, la plupart de ces nègres, fatigués d'une vie passée dans les souffrances et dans les travaux rigoureux, s'empoisonnent les uns les autres, se tuent ou se donnent des plaies qui deviennent bientôt mortelles.

Chaque capitaine marche armé d'un fouet de neuf lignes de diamètre, et d'un sabre. Moi, les deux assassins et les soldats de la garnison de Cayenne, qui ont insulté Victor Hugues, sommes sous les ordres d'un de ces capitaines.

Le citoyen Guitton a un adjoint digne de lui dans Monnet, premier piqueur; il est impossible d'avoir un masque plus féroce. Une nuit, lorsqu'il était couché dans son hamac au milieu des bois, un nègre, récemment arrivé d'Afrique et fort bon charpentier, marcha doucement à lui, et lui assena un vigoureux coup de sabre qui lui fendit le front et lui enleva un œil. Le nègre est depuis deux ans assis sur une planche, ayant un collier de fer de trois pouces au col, un cercle de fer autour du corps, et cent livres au moins de chaînes qui l'empêchent de mouvoir plus de six pouces dans une direction quelconque du poteau; il ne peut changer de posture, même pour dormir; il est très-maigre, et ne peut plus articuler; il a le teint blafard d'un albino.

Mais quel doit avoir été mon crime! Moi, à vingt ans et demi, élevé dans un genre de vie plus qu'aisé, ignorant jusqu'à l'époque de mon arrestation, la rigueur des travaux qui s'exécutent dans les deux mondes, par la portion la plus malheureuse et la plus laborieuse du genre humain, je suis conduit, chaque matin, par un nègre armé, à un mille de l'habitation, où il faut être arrivé au lever du soleil, pour abattre des arbres énormes, et qui refusent la hache par leur dureté! Ma tâche n'est que d'un tiers moins que celle du nègre le plus vigoureux. Si la fièvre, qui ne me quitte guère que pour m'assaillir bientôt avec plus de violence, m'oblige de suspendre mon travail, le secours que je reçois le soir est de coucher la nuit en prison, les fers aux pieds, le plus souvent sans avoir eu la permission d'y porter moi-même une planche pour me garantir de la fraîcheur du sol.

Chaque matin, je cours comme les esclaves prendre ma hache et mon sabre. Je suis presque nu, (car la république ne me donne aucun vêtement, et les habits et linge que le bon capitaine Fournier m'avait donnés, sont en lambeaux :) sans souliers même et n'ayant pour tout qu'une chemise de gros coton et un pantalon trop court de six pouces, ce qui m'expose au venin des mauvaises herbes et à la morsure des serpens. Chaque jour il faut abattre, tronçonner et élever entre deux piquets une corde du bois le plus compact et le plus propre à faire de bon charbon.

En outre, je suis charbonnier. Le chef de cet autre atelier est l'un des assassins venus de Saint-Domingue. Chaque quinzaine nous recevons ordre de transporter comme il nous convient, soit sur la tête ou sur le dos, à un demi-mille de distance, chacun le bois qu'il a coupé. Nous en faisons des monceaux réguliers et coniques; la partie rude de ce travail est de veiller autour du fourneau pour l'empêcher de se faire jour. La veille est de quatre heures, pendant lesquelles les autres dorment entourés de tigres, de serpens et de mille espèces de bêtes fauves et d'oiseaux de nuit dont les cris sont effrayans. Nous les éloignons en entretenant de grands feux autour de nous.

Je pourrais vous entretenir long-tems du récit de mes autres corvées, des petites tyrannies, des maux en tout genre auxquels je suis en proie. Vous souffririez trop du récit de choses qui me sont devenues familières. Je ne vous dis pas cela pour vous rassurer sur la rigidité de ma condition, mais parce qu'il est très-vrai que je suis devenu insensible. La paume de mes mains est dure comme roche. Je travaille comme un Hercule, je suis laid comme un Thersite, mais je dors comme un moine. Je mange de la cassave et des bananes, je couche en prison sur un mauvais lit de camp, et le dimanche je fais ma lessive dans la rivière où je reste jusqu'à ce que mon linge soit sec.

Il n'y avait qu'un mois que j'étais arrivé à Nancibo lorsque j'effectuai le plus extravagant projet imaginable, que l'incertitude de voir jamais le terme de ma captivité avait fait naître, et qui ne pouvait se concevoir que dans l'ardeur de la fièvre qui m'embrâsait toujours depuis mon arrivée. Jusques-là j'avais reçu les soins paternels du capitaine Fournier. Je n'avais pu me faire une idée vraie des supplices qui attendent ici ceux qui ont déplu au premier consul et par conséquent à Victor Hugues: Mais arrivé à Nancibo; je connus bientôt mon sort. Dès lors, je me vis abandonné de toute la nature, observé par plusieurs scélérats dont le chef

Guitton, cet infernal jacobin dont je vous ai parlé, me disait avec ironie toutes les fois que j'avais la fièvre : « quand vous viviez dans votre Paris, vous n'aviez jamais la fièvre. Apprenez que quand on a la fièvre dans ce pays-ci, le meilleur remède est de prendre une hache et d'aller se fatiguer quelques heures. Allez voir le chirurgien Bellicot. S'il consent que vous ayez la fièvre, il vous fera entrer à l'hôpital ; mais je suis ici le premier chirurgien : voyons votre pouls. » Et après avoir tâté mon pouls, — f. . . . . moi le camp, monsieur le baron. . . . . . fainéant ! Venin qu'on m'a envoyé pour irriter ma bile ! . . . Comme si je n'avais pas assez de punir deux cens nègres ! . . . . » Je retournais en pleurant à ma case d'où j'étais chassé et appelé pour prendre ma hache, soit que je tremblasse d'un frisson mortel, soit que je fusse accablé d'une sueur brûlante qui suivait toujours ce frisson.

Irrité de tant d'humiliations, et résolu à m'y soustraire, je me procurai quelques ignames que je fis cuire à la cuisine de l'hôpital ; le chirurgien m'y avait donné un lit dans une chambre pleine de nègres mourans ; j'étais moins surveillé là que dans la prison. La cour était entourée de palissades assez hautes, mais que je jugeai pouvoir franchir ; je remarquai dans la cuisine une forte hache et un sabre dont je résolus de m'emparer, prévoyant bien qu'ils me seraient utiles pour effectuer mon projet.

Après six jours d'hôpital, je n'avais plus de fièvre ; je pris ma dernière résolution, et, la nuit suivante, je volai la hache et le sabre, et franchis la palissade ; je suspendis mes ignames à mon cou dans un mauvais mouchoir, et en moins de vingt minutes j'eus perdu de vue les abattis du chantier. J'avais ma petite boussole que m'avait donnée le lieutenant de la Nathalie ; je marchai, ou plutôt je volai, l'espace de cinq ou six milles dans les bois, brossailles, les arbres abattus, les *criques*, les marais ; les cris des bêtes farouches ne m'alarmaient plus. Ce que je craignais le plus (il était nuit, et j'avais déserté vers minuit), c'était de marcher sur quelque serpent. Je suais sang et eau, et je courais toujours en me disant : Je suis libre, j'irai à Para ou à Surinam ; quand il fera jour, je me servirai de ma boussole. Je savais qu'il fallait faire le nord-nord-ouest pour aller à Surinam ; j'avais pu calculer qu'en ligne droite, je n'aurais pas plus que quatre-vingt-dix lieues à parcourir. D'après les renseignemens pris en feuilletant le Neptune de la Nathalie, je savais aussi la vraie distance de Cayenne à Para : je ne balançai pas à décider en faveur de cette capitale de la Guiane portugaise, sur la certitude où j'étais qu'arrivé à Surinam, le gouverneur Frédérici en serait instruit, et qu'il me rendrait à Victor Hugues, si celui-ci l'exigeait. Cette certitude était fondée sur la sujétion où la France tient aujourd'hui les malheureux Hollandais. A Para, au contraire, personne ne communique avec Cayenne; les Portugais n'ont jamais rendu les déserteurs, j'y serai en sûreté; je ne sais pas le portugais, mais je parle un peu latin; quelque prêtre m'entendra : volons à Para !

Chaque soir je bâtirai un *ajoupa*, et j'allumerai, avec mon briquet et mes pierres, quatre ou cinq grands feux autour de mon *ajoupa*, pour éloigner les tigres, les serpens et les moustiques; quand je n'aurai plus de provisions, j'examinerai quels graines et fruits les singes préfèrent; Dieu m'aidera pour le reste. Si je suis mordu d'un serpent (car le bas de mes jambes est nu, et d'ailleurs les serpens sautent aux mains, à la poitrine et à la figure de l'homme), je ferai rougir en hâte mon couteau au feu, et je l'appliquerai sur la blessure.

Le jour parut enfin. Je me trouvais au pied d'un monticule escarpé et couvert de beaux arbres. Les feuillages épais me garantissaient pour tout le voyage, de l'ardeur du soleil; et de ce moment, je fis usage de ma boussole, et marchai vers l'est. Si j'allais au nord-est, je courais risque de retourner à Cayenne. J'avais à parcourir plus de quarante lieues à l'est, avant de pouvoir faire bonne route, et plus de cent vingt lieues en ligne droite, pour arriver à Para; mais je n'avais pas prévu que je rencontrerais sur ma route douze ou quatorze grandes rivières, plus de cinquante *criques* étroites, peut-être, mais profondes; qu'enfin, je pourrais manquer de vivres, et qu'il me faudrait mourir isolé de toute la Nature, même des sauvages qui n'habitent jamais que les bords des rivières vers leurs embouchures.

A huit heures, j'avais faim, j'avais déjà bu vingt fois dans les criques qui sont très-nombreuses. Je gravis encore une montagne, au haut de laquelle je m'arrêtai, effrayé à la vue d'un long et haut animal, de poil rougeâtre, et que je pris d'abord pour un tigre; mais, ayant mieux examiné la hauteur et la finesse de ses jambes, je me rappellai que ce pouvait être une biche. J'avançai, et elle s'éloigna, en jetant un doux cri. Je m'assis sur un gros arbre abattu par le vent, et mangeai des ignames. J'avais mis à mes pieds mes armes et ma boussole. J'eus bientôt mangé. Je repris ma hache et mon sabre, et non ma boussole. Sa boîte, de deux pouces et demi carrés, était de couleur de feuille morte. Je me levai en hâte pour aller boire au pied de la montagne. Je n'avais pas fait trente pas, que je m'aperçus que je n'avais pas ma boussole. Je retrouvai l'arbre, les peaux des iguames mangés, mais je cherchai inutilement ma boussole. Je tournai les feuilles mortes, j'en fis un monceau que je désunis ensuite avec beaucoup d'attention. J'étais à genoux... ma boussole n'y était plus, ou du moins la crainte de ne pas la retrouver, m'empêcha de la voir. Ciel, je suis perdu! assistez-moi, ô mon Dieu! que puis-je faire à présent? Je suis peut-être à six lieues de Nancibo; mais, dis-je? devrais-je songer à y retourner? Non! non! Jamais!.. mais que devenir?.... que puis-je faire sans boussole? Je restai une demi-heure abîmé dans la tristesse, agenouillé près du tas de feuilles. Je me relevai machinalement, repris ma hache, mon sabre et mon mouchoir, et cherchai quelques traces du chemin que j'avais parcouru. Au pied de la montagne, la nécessité me fit imaginer un moyen de retrouver Nancibo. Le vent d'est ou de sud-est souffle régulièrement dans ce pays. Je pus donc bientôt m'orienter ; mais ne sachant dans quel rumb de vent se trouvait Nancibo, par rapport à moi, je fis le nord, persuadé de trouver au moins la rivière qui y descend. Au haut de chaque montagne, je cherchais le vent qui devait venir sur mon côté droit, tant que je faisais bonne route. A l'aide d'une épingle fichée perpendiculairement sur quelqu'arbre abattu, laquelle me donnait la hauteur du soleil, et à l'aide du vent constant, je pouvais presque savoir l'heure, et si j'avais fait bonne route. Enfin, après plusieurs heures de marche précipitée, quoiqu'incertaine, je me trouvai sur une montagne de l'habitation de M. Borde, à deux lieues au-dessus de Nancibo, sur le bord de la rivière.

Bientôt j'arrivai dans les abattis de cette misérable prison. J'étais fait comme un diable, le visage noir, couvert de sueur et de poussière, mes habits en lambeaux, ma hache sur l'épaule. J'allai droit à *la case blanc*, ou maison du maître, en langue créole.

Guitton était à Cayenne depuis plusieurs jours. J'avais profité de son absence pour m'échapper ; mais il était remplacé par le piqueur Mounet que j'ai déjà mentionné. C'est un ancien sergent au régiment d'Alsace, né en Lorraine, homme du cœur le plus atroce. Ah! ah! me dit-il lorsque j'arrivai; d'où diable venez-vous, monseigneur? — Je lui racontai naïvement que j'avais voulu me sauver, que j'étais trop malheureux, et que je préférais la mort aux tourmens que j'endurais sous la tyrannie du monstre Victor-Hugues. — Allez en prison, me dit-il. Monsieur Guitton reviendra dans huit jours. Il est le maître. Je vais écrire au gouverneur.

L'officier de la garnison était un allemand fort brutal. Il me frappa sur le dos. Je lui jetai un caillou à la tête. Alors il me jeta dans un cachot où un nègre me mit les fers aux pieds et aux mains, et je demeurai dans cet état de mort jusqu'au retour de Guitton. Ce fut vers ce tems-là que mes cheveux blanchirent en peu de jours.

Enfin ce jour de désespoir arriva. Guitton à peine débarqué, se fait ouvrir le cachot. Il était suivi d'un nègre nommé Bellegrace, l'un des capitaines fouetteurs, ayant un fouet à la main. Je pus deviner bientôt ce qui m'allait arriver. Guitton commanda à un autre nègre de m'ôter les fers des poignets, puis il me dit: Hé bien! Nous y voilà! Vous

êtes

êtes le plus mauvais sujet..... le plus coquin.... le plus infame!... Vous avez voulu me compromettre en fuyant.... Vous saviez que j'étais responsable de vous.... Et vous me volez ma hache et vous avez une boussole sans que je le sache..... Qui vous a donné cette boussole? Bellegrace, attache ce coquin au poteau. Le nègre allait m'aider à me lever; mais me lançant sur mon couteau, je jurai que je me tuerais plutôt que de me laisser souiller par les mains d'un nègre bourreau..... Tuez-vous donc, me dit Guitton. Voyons si vous avez du courage.

Au même instant l'officier du poste appela Guitton. Ils conversèrent un moment et celui-ci revint et me dit: « Je vous pardonne cette fois-ci, mais prenez garde de ne jamais faire la plus légère faute. Songez à vos reins. »

J'ai su depuis que ce pardon fut commandé par la crainte plus que par l'indulgence. Lorsque le nègre se préparait à me fouetter, dix soldats murmuraient à la porte du cachot, et leur officier eut beaucoup de peine à les faire rentrer au quartier.

Ce fut un jeune homme, tambour, nommé Cœlus, originaire de Liège, qui rassembla ses camarades en leur disant: « Souffrironsnous qu'on fouette un blanc en notre présence ! Vogue la galère, mais cela ne sera pas. . . . . » Ce brave jeune homme m'avait témoigné de l'amitié auparavant. Il me donnait souvent une portion de son pain.

J'ai également une obligation sans bornes, et ma reconnaissance durera toute ma vie, des soins et des bienfaits du chirurgien M. Bellicot, et d'un colon (M. Borde) qui m'a envoyé plusieurs fois secrètement, du vin, de la viande fraîche et des lettres amicales et pleines de consolation. J'ai été deux fois près de mourir, et le digne chirurgien m'a soigné et veillé les nuits comme il eût fait pour son enfant. Que ne puis-je m'acquitter envers ces honnêtes gens, autrement que par des mots !

Adieu, monsieur.... Communiquez ceci à nos amis ; et croyez que, quelque part que je me trouve, mon dernier soupir sera pour vous tous et pour les bons Français. . . . . . .

J'ai l'honneur d'être, etc.

SIXIÈME LETTRE.

De l'hôpital de Cayenne,
le 10 février 1804.

Je vis encore, j'en suis étonné, il est vrai, mais vous le serez sans doute plus que moi. Ma dernière lettre a dû vous allarmer sur la fin de mon sort, mais j'ai sauté le mauvais pas ou plutôt bien des mauvais pas; c'est-à-dire j'ai travaillé dix-sept mois comme un esclave. J'ai été en proie comme lui à toutes les plus cruelles tyrannies, et malgré tout, avec l'aide de Dieu, je suis maintenant à l'hôpital de Cayenne. Vous voyez donc que, récapitulation faite, j'ai assez bien subi le sort de soldat qu'on avait feint de m'avoir assigné dès mon départ de Paris, car j'ai été de prison en prison, et je n'ai quitté la prison que pour entrer dans un hôpital.

Il est vrai que celui de Cayenne n'est pas à comparer aux hôpitaux de France ni des armées. Il est gouverné par des dames, sœurs de la charité. Les malades y reçoivent de grandes consolations, et j'en reçois tous les jours de ces dignes servantes de Dieu.

Quel changement dans ma fortune ! Il y a un an, la mort me semblait inévitable. Je ne la fuyais plus. Je la désirais même. Le ciel m'a pardonné.

Il y a environ huit mois que les secours d'hommes et d'argent demandés par Hugues au premier consul, arrivèrent à Cayenne. La garnison était devenue insuffisante par les ravages d'une épidémie. Le général Degouges venait de mourir. D'ailleurs Victor Hugues avait reçu l'ordre de rétablir l'esclavage sur l'ancien pied. Il fut promulgué aussitôt après le débarquement des troupes.

Dès-lors, ces misérables nègres, dont j'ai partagé si long-temps les travaux et les misères, furent rendus à leurs propriétaires respectifs. Ceux de M. Delafayette furent déclarés esclaves de la République.

Ainsi la prison de Nancibo se trouva vide ; la garnison retourna à Cayenne, les déportés blancs seuls restèrent prisonniers : mais il n'y avait plus ni gardes, ni canons. Guitton s'entoura de ses deux piqueurs blancs, qui, après nous avoir enfermés chaque soir, avaient grand soin de se retrancher dans leurs cases avec des armes et des munitions.

Pendant mon esclavage à Nancibo, il m'était défendu d'avoir ni encre, ni papier. Un commissaire militaire vint, après le départ de la garnison, visiter le chantier ; plusieurs gendarmes noirs étaient avec lui. Un d'eux passa, un dimanche, devant ma case ; il paraissait me plaindre : à ma prière il me procura de l'encre et du papier.

J'écrivis à cet officier une lettre pleine de fierté et de faits vrais ; je m'appliquai à lui exposer que je n'avais jamais cru que ce fût par ordre du gouverneur de la Colonie que j'étais si mal nourri, condamné aux travaux des esclaves, emprisonné tous les soirs, dépourvu de vêtemens et de souliers même, enfin tous les jours menacé du fouet. Je donnai cette lettre au gendarme noir, et lui recommandai de ne la présenter à l'officier que quand ils seraient loin de Nancibo.

Un mois après Guitton alla à Cayenne, et en revint bientôt fort mécontent. Il me fit appeler et dit : Ah ! ah ! . . . . vous écrivez donc contre moi ? . . . . . Vous voulez ma perte ! . . . . . Prenez garde à vous, continua-t-il entrant en fureur ; je ne vous dois aucun compte : mais n'oubliez pas que je puis vous faire enchaîner tout à l'heure.

Le lendemain il vint nous voir à l'atelier

du charbon, y causa avec beaucoup de familiarité, et nous dit qu'à compter de ce jour là, nous recevrions chacun une livre et demie de pain, et huit onces de viande salée. Je remerciai, avec des tranports de joie, cet homme atroce, qui bientôt me dit: « Vous avez écrit contre moi, et moi j'ai » prié pour vous; je rends le bien pour le » mal ». Je le remerciai encore, mais j'étais persuadé que cette amélioration de mon sort n'était due qu'à ma lettre.

Cette décision subite et si favorable a dû me donner une meilleure idée de Victor Hugues: cet homme implacable, qui m'a d'abord fait des politesses, ensuite m'a fait souffrir toutes les cruautés imaginables, et enfin m'accordait dans ce tems là toute la justice que je réclamais à grands cris. Mais tel est le *bon ton* en politique, qu'il faut être aujourd'hui très-bon, demain cruel, sourd à la voix du malheureux: et Victor Hugues serait bien fâché de n'être pas réputé grand politique.

Cet animal impur est, comme des milliers d'autres, sorti, à la faveur du chaos de la révolution, du bourbier qu'ils s'avisèrent un jour d'avaler: c'est pourquoi on les voit si gras maintenant.

Il trouva le champ libre, et se crut aussitôt fait exprès pour recevoir les hommages publics, pour occuper les grandes charges. Avant la révolution, il avait été à Paris, et son amour-propre avait souffert de voir des milliers de nobles effleurer le pavé dans des chars brillans de dorures et de richesses, et emportés par des coursiers fougueux, et fiers de leurs parures; tandis que le mesquin fils du marchand de fer de Marseille était souvent éclaboussé par les chars et les chevaux de ces *aristocrates*. Il résolut de se faire riche, pour éclabousser à son tour les piétons: mais la révolution n'était pas encore assez prochaine. Il passa donc à Saint-Domingue, où il fut matelot, contrebandier, boulanger, imprimeur ou compilateur de rapsodies, prit part aux horribles séditions de cette Colonie; retourna en France, où il devint général sans avoir été soldat; fit en cette qualité massacrer les plus respectables familles de Rochefort, alla à la Guadeloupe d'où il chassa les Anglais, commit dans cette Colonie un grand nombre d'horreurs inouïes, y occasionna le suicide d'une vertueuse épouse qu'il avait subornée, en lui promettant de lui rendre son mari incarcéré ou fugitif; retourna à Paris, où il fut contraint de se battre en duel (il a été grièvement blessé) ; enfin obtint du Directoire exécutif le gouvernement de la Guadeloupe, où il ne désirait pas de retourner, et échangea cette commission pour celle de gouverneur de la Guyane, sous le bon plaisir des *cinq Sires*.

Il y a près de cinq ans qu'il a cet emploi. Il a épousé une créole de la Martinique, qui lui a donné plusieurs enfans ; elle a, dit-on, beaucoup d'empire sur lui : mais, à l'instar du grand homme, il ne donne que rarement audience à sa femme, à qui il a recommandé de ne lui jamais demander de grâces : le bon goût perce jusqu'à Cayenne.

Il est riche de plusieurs millions ; il a quelques beaux navires qu'il envoie à la Côte d'Afrique pour y prendre des esclaves, ou bien aux Antilles pour y porter du bois de construction et de menuiserie.

Les Américains seuls font le commerce du pays, qui n'a qu'un port d'entrée ; le capitaine qui y arrive dispose de sa cargaison comme il lui plaît ; mais, quand il veut charger son navire, il est obligé d'avoir recours au gouverneur qui a soin d'acheter toutes les récoltes qu'il fait déposer au magasin de la république, ou plutôt à celui de Victor Hugues. Celui-ci ne paraît pas prendre la moindre part à ce singulier trafic; un commanditaire est là pour faire et exécuter les marchés : Victor Hugues est donc ici le seul vrai négociant.

Il a donné des lettres de marque à plusieurs navires ; les équipages composés de mulâtres et de nègres libres, ont été mis par lui en réquisition : ces corsaires ont pris un négrier anglais portant trois cent-vingt esclaves, et ont enlevé aux Anglais l'île de Gorée, où ils ont trouvé quatre-vingt-trois nègres.

Ces nègres n'ont pas été vendus ; Hugues les a envoyés à l'habitation la Gabrielle, qui appartenait au Roi ou à M. de la Fayette, avant la révolution. On y cultive le giroflier; la récolte produit maintenant, chaque année forte, environ 300,000 fr. ; et chaque seconde année environ 100,000 fr. Le giroflier a la forme d'un pin ou if; sa hauteur est de quinze à dix-huit pieds; en fleur il est superbe : la récolte du fruit est très-vétilleuse.

Hugues exporte, sans interruption, aux Antilles, une grande quantité de bois précieux, qui, à Cayenne, se vendent communément 48 sous le pied courant; et aussi du bois de construction : ce commerce lui donne plus de 100,000 liv. par an.

Le premier Consul lui alloue 40,000 fr. de traitement, et 12,000 liv. pour sa table, chaque année.

Hugues a du bon sens, parle mauvais français avec l'accent provençal, et est passablement poli avec ceux qui s'étudient à lui plaire. Tous les habitans, par un sentiment de terreur sans doute, osent à peine prononcer son nom, et ont grand soin d'applaudir à tout ce qu'il fait.

Madame veuve Dallemand dont le mari, pour quelque service rendu au Gouvernement de France, avait reçu du Roi, avant la révolution, une habitation; madame Dallemand alla un jour demander quelque grâce à Victor Hugues : il la traita de vieille f..... aristocrate,..... il l'accabla d'injures ; et, lorsqu'elle fuyait, effrayée, dans le grand escalier, il l'atteignit, et lui donna un coup de pied dans le dos.

Il se déguise quelquefois la nuit pour savoir ce qui se passe. Une nuit, il vit, de loin, dans la nouvelle ville appelée *la Savanne*, un homme grimpant à un premier étage. Victor Hugues arrive et ordonne à l'homme de descendre, et le menace de le faire prendre par la garde, s'il ne descend. Le pauvre amoureux descend saisi de frayeur. Hugues le reconnaît, lui dit : « Oh ! c'est vous...... Il suf» fit..... Remontez.... ». L'homme s'y refuse. Hugues le menace de le faire prendre par la garde, s'il ne remonte. L'homme obéit en tremblant. Le lendemain au déjeuner, où assistaient l'état-major et toujours plusieurs dames, Hugues adresse la parole à un de ses officiers.... « Monsieur un tel est-il en ville? — Non, citoyen Gouverneur; il a traversé la rade hier, vers quatre heures, pour aller à son habitation. — « Oh! dit Hugues; je ne » suis plus étonné d'avoir vu, Monsieur un » tel monter par une fenêtre, cette nuit, » chez sa femme ».

Il a parmi ses aides-de-camp un très-jeune homme, d'une belle figure, qu'on m'a dit être le fils orphelin d'une des nombreuses victimes qu'il a fait égorger à Rochefort. On dit ici que le jeune homme était fort pauvre, quand il est arrivé, et que Victor Hugues le traite comme son fils. Si ceci est vrai, le monstre s'est bien adouci.

Pour moi, j'ai habité la prison de Nancibo jusques vers la fin de décembre dernier. J'étais alors dangereusement malade d'une fièvre brûlante, depuis dix jours. Guitton vint à ma case, où j'étais seul; et me dit: « J'envoie, tout-à-l'heure, une barque à » Cayenne. Vous partirez dessus. C'est à » vous d'user de toute l'adresse et surtout » dela discrétion que la circonstance exige... » Il y a plusieurs navires américains dans la » rade. Tachez de vous embarquer sur quel- » qu'un d'eux. Déguisez-vous....; mais sur- » tout ne perdez pas de tems. Le Gouver- » neur ne sera instruit de votre départ de » Nancibo que dans quatre ou cinq jours. » Je lui ferai une histoire; mais surtout, quit- » tez la Colonie, avant cinq jours, sans quoi » vous seriez arrêté, et moi compromis...... » Adieu.....»! et il me serra la main; puis, revenant sur ses pas, il me dit: « Croyez que » je ne suis point un homme méchant. Je » vous ai fait cruellement souffrir : c'était » mon devoir. Je puis vous montrer les ordres » du Gouverneur à votre égard..... Je prends » sur mon compte de vous remettre deux » lettres à votre adresse, lesquelles j'ai de- » puis long-temps. Je ne vous les ai pas re- » mises, parce que j'avais ordre de ne vous » laisser communiquer avec personne. Un » capitaine américain vint un jour ici. Il de- » manda à voir les déportés de France. Je le » lui refusai net.

» Ce même capitaine vint, une autre fois, » avec des officiers de l'état-major du Gou- » verneur. Nous jouâmes aux cartes ; et ces » messieurs avaient décidé que le gain serait » donné aux prisonniers. Mais, il m'était » défendu de vous laisser aucun argent ; et » le gain fut donné à un nègre enchaîné. » Pardonnez-moi en faveur du bien que je » vous souhaite. Adieu ».

Bientôt je m'embarquai. Long-temps je me crus rêvant. Je trouvais mon bonheur si incroyable, ma situation si changée en deux minutes, que mon cœur était serré de joie et de rage. Que les hommes sont scélérats ! Je suis *couvert* de crimes, selon le général *Leclerc*, qui l'aura su de son beau-frère ; et cependant, on me rend la liberté.

Alors, j'offris mon cœur à Dieu en actions de grâce. Je retrouvai bientôt tout mon courage. La fièvre m'avait déjà quitté. Je ne m'occupais plus que d'agréables projets. Je reverrai mes parens, mes amis...! puis, l'instant d'après, des idées, plus conformes aux dangers que j'avais encore à courir, venaient détruire le charme de l'illusion ; et les larmes coulaient de mes yeux, lorsque je pensais que je ne pourrais peut-être jamais regagner ma patrie. Quelquefois, je me trouvais encore plus malheureux qu'étant en prison. Quelquefois aussi, me peignant les délices de ma liberté future, je contemplais les bords de la rivière ; je regardais avec admiration les fleurs et les fruits de ces climats sauvages, la verdure éternelle, et les forêts sans fin remplies d'innombrables oiseaux des plus brillantes couleurs et des formes les plus étrangères.

En effet, cette portion de l'Amérique offre des tableaux bien dignes de l'attention et de la sensibilité d'un européen. La Nature qui, dans les zônes tempérées, semble étaler ses richesses à regret, les prodigue ici sans cesse. Tout y est gigantesque. Toujours de la verdure, toujours des fleurs, toujours des fruits.

Le règne animal n'est pas moins digne d'admiration. Au pied du même arbre, dont les branches soutiennent un énorme nid de fourmis, un nid d'oiseaux, et une masse de cases, l'ouvrage et l'asile d'abeilles qui produisent la soie; se repose à l'ombre un serpent long de six pieds, revêtu des couleurs les plus symétriquement variées et les plus vives. Ce serpent quelquefois monte aussi dans l'arbre, puis il en descend pour aller à la chasse. Sa proie favorite est une sorte d'énormes crapauds, dont le croassement imite le cri d'un enfant. S'il sent un de ces crapauds, il lui ôte bientôt la faculté de respirer. Le crapaud enfle, et est enfin entouré du serpent qui le bat et le fait crever.

Les différentes espèces de tigres, dont plusieurs sont ici, sont décrites dans le livre de M. de Buffon.

Le colibri et l'oiseau-mouche, ou gobe-mouche, ne fatiguent jamais le curieux. Ce dernier à la légèreté du papillon. Il voltige sans cesse. Ses ailes sont plus fines que la soie, et son petit corps est un mélange des plus riches couleurs. Il s'approprie le suc des fleurs, et quand il trouve la moindre difficulté, il exerce vivement sa colère. C'est la la miniature du règne animal. Le colibri est toujours de mauvais augure, au dire des Nègres et des Indiens.

Tous les oiseaux ont les plus brillans et les plus fins plumages ; mais leurs chants ne sont point mélodieux. Je n'en ai jamais vu qu'un, dont le ramage m'a rappelé le rossignol d'Europe.

Les singes y sont en grand nombre, et de bien des espèces. On les dirait partagés par familles. Très-souvent on en voit plus d'une centaine, voyager ou plutôt voler d'arbre en arbre, les uns après les autres, quelquefois s'arrêter tout-à-coup, et s'assembler en cercle comme pour délibérer, puis le capitaine rompre le cercle, et recommencer la marche jusqu'en bas de l'arbre, où tous le suivent un à un, et remonter sur un autre arbre. Les Indiens leur font la chasse à coups de flèches, et les mangent avec plaisir. Quand un a été tué ou blessé, toute la troupe crie de la manière la plus terrible et la plus comique.

Les perroquets sont beaux; mais on les dirait encore barbares, comparativement aux singes, qui semblent avoir des chefs et des lois.

Enfin, l'enthousiaste peut exercer amplement son esprit scrutateur dans le règne végétal. On trouve ici le bois de fer, le bois de rose, et une quantité innombrable de bois les plus précieux par leur dureté et les nuances disparates des plus riches couleurs, comme quelquefois le vert, le rouge, le jaune, et le blanc de neige dans le même bois.

J'ai vu sur mon passage plusieurs carbets habités par des Indiens. Ce sont de simples hangars, couverts des énormes feuilles de l'arbrisseau appelé *balalou*. Ces indiens

sont

sont de couleur de cuivre rouge, ont les cheveux très-noirs et plats, point de barbe, marchent presque nus comme leurs femmes, sont couverts de colifichets, se nourrissent de pêche et de chasse. Ils aiment à s'enivrer. Les femmes font la liqueur enivrante en mâchant quelques végétaux et des cannes à sucre, qu'elles crachent dans des calebasses. On appelle cette liqueur, quand elle a fermenté deux ou trois jours, *cachery*.

Si vous voulez en savoir plus sur cette peuplade, sa religion et ses singulières cérémonies, consultez le livre appelé la *Maison Rustique de Cayenne*.

Arrivé à Cayenne à l'aurore, sans argent, avec la crainte terrible d'être reconnu de Victor Hugues ou de ses espions, ne voyant aucun navire français dans la rade, je résolus de passer les rochers au-dessous du fort, et de me cacher dans le bois voisin de la Savanne. La nuit, tous les canots sont enchaînés à terre, et je ne pouvais ainsi aller à bord des navires Américains que pendant le jour.

Je savais qu'il y avait des sœurs religieuses à l'hôpital. Pressé par la faim, je résolus de les aller voir. Cet hôpital est isolé, sur le bord de la mer. La sentinelle me laissa entrer. Les bonnes dames étaient à prier. Bientôt j'eus la permission de leur exposer ma situation. Elles me répondirent qu'elles étaient très-pauvres et d'ailleurs sous la ferrule du gouverneur, que je ferais bien d'aller voir M. Benoist Cavay, commissaire ordonnateur de la marine, qui, ajoutèrent-elles, est un saint homme, doux et poli. « Il vous donnera peut-être entrée à l'hôpital. » L'une d'elles me conduisit jusqu'à la porte où, se mettant à pleurer, elle m'offrit une piastre en petites pièces de cuivre.

J'allai droit à l'intendance où résidait M. Benoist Cavay. Je me fis annoncer comme matelot. Lorsque j'arrivai à lui, je le priai de me donner une audience secrète. Son commis se retira. Aussitôt que j'eus dit mon nom, il s'écria : « Comment, malheureux jeune homme, vous êtes en ville... En plein jour vous venez chez moi... Vous êtes le plus indiscret des..... Le commissaire du gouvernement ne m'a pas dit qu'il voulût vous laisser vivre à Cayenne. Guitton, dites-vous, vous a permis de quitter Nancibo. Guitton, s'est compromis.... ou bien il avait des ordres... Mais je n'en crois rien... Vous avez été bien maltraité... Mais le gouverneur est inexorable.... Il sera furieux s'il sait que vous êtes ici.... Retournez à Nancibo, et s'il montre quelques dispositions plus favorables à votre égard, il sera toujours tems de revenir. Retournez.... Je n'ai pas d'autres conseils à vous donner. » Je pris congé de lui après lui avoir promis de suivre ses ordres.

Je sortis de la ville et retournai dans le bois. Je restai long-tems abîmé dans la douleur et la perplexité. Je dormis quelques heures pendant la grande chaleur. Vers cinq heures du soir, je n'avais encore rien mangé. Je m'éveillai et jurai de ne jamais retourner à Nancibo. Vers la brune, je repris mon-chemin derrière le fort, et avec trois des pièces de cuivre de la bonne religieuse, je me fis conduire à bord d'un navire américain de Boston.

Le capitaine était en ville. Son second n'entendait pas le français, mais il me reçut bien et m'offrit la moitié de son souper que je dévorai. Le capitaine arriva vèrs dix heures, et voyant un étranger dormir profondément sur son banc de quart, me secoua rudement en criant: *Who's there?* (Qui est-là?) Il y avait avec lui son fils, très-joli homme et le Subrécargue d'un autre navire américain, lequel parlait bon français. Il me fit des questions, je lui racontai mes aventures, il les répéta à son ami le capitaine. Alors on m'offrait du genièvre et à souper. Ces messieurs se quittèrent après m'avoir témoigné beaucoup de bonté et m'avoir assuré qu'ils feraient tout pour m'emmener avec eux le lendemain à Surinam. Mais il fallait corrompre le pilote qui a l'ordre de visiter tous les bâtimens partans, pour éviter la désertion des soldats.

Le lendemain vers deux heures, le navire était à la voile et hors des dangers. Le pilote ordonne à ses nègres rameurs de visiter la cale. L'un d'eux, dans l'obscurité, la parcourt et marche sur un de mes bras. Il appelle son camarade et me voilà enlevé sur le pont. Le pilote me fit jeter dans son canot, tandis que le capitaine Smith lui offrait des poignées de piastres. J'avais perdu mon chapeau et le capitaine me jeta le sien.

Le pilote descend bientôt dans la pirogue, et me dit : Qui êtes-vous ? . . . Je ne vous connais pas. . . . Je n'ai pas besoin de votre secret. Mon devoir est rempli. Je pourrais vous faire mettre en prison. . . . Je ne dirai rien de ce qui vient d'arriver. . . . Si ces coquins de nègres n'avaient pas été là, je me serais laissé séduire sans recevoir l'argent du capitaine, entendez-vous? mais ils m'auraient dénoncé et j'étais perdu..... Où voulez-vous débarquer? Au pied du fort, lui dis-je, et il m'y débarqua.

Cependant je marchais vîte le chapeau sur le nez, et je forme de nouveau le projet de passer par terre à Surinam. Sur la Crique je rencontre un nègre (Cupidon Bibiane), qui préparait sa barque pour la pêche; il me dit qu'il part le lendemain matin pour Kourou, à douze lieues, sous le vent de Cayenne, il me promet passage dans sa barque. Je n'avais pas d'argent; je lui offre une chemise bleue que j'avais dans ma poche, c'était tout mon butin. N'importe, me dit-il, vous irez sans payer, puisque vous êtes pauvre; vous souperez avec nous ce soir, vous coucherez dans mon hamac, et moi sous la moustiquaire avec ma femme.

Le lendemain cette bonne négresse me donna des fruits et du pain qu'elle avait achetés, et elle me serra la main, en me disant adieu.

Vers midi nous arrivâmes à Kourou; j'avais dessein de faire encore cinq ou six lieues le même jour, de traverser le lendemain le Senamary, et enfin le poste des gendarmes d'Iracoubo; un lieutenant de gendarmerie vint au nègre pêcheur, et lui demanda des nouvelles de Cayenne; pendant qu'ils conversaient, je marchais doucement pour éviter les yeux du gendarme. Il me vit; et me demanda où j'allais? qui j'étais? Je lui répondis que j'étais un matelot laissé à l'hôpital par mon capitaine, et que j'allais à Senamary m'embarquer sur un bateau suédois chargé de sel. Il trouva mon histoire extraordinaire, et me dit que je n'avais pas l'air d'un matelot; il me conduisit au corps-de-garde où je passai la nuit, et le lendemain il me fit escorter à Cayenne par un gendarme.

Rentrer à Cayenne, être conduit à Victor Hugues, de là être jeté en prison, tout cela fut l'affaire d'un moment. Je passai encore vingt-deux jours dans cet antre de douleurs et de privations, au milieu des innocens et des coupables, de blancs voleurs, et de nègres qui avaient empoisonné leurs camarades. La fièvre m'attaqua de nouveau; trois jours après un sergent vint me prendre et me conduisit à la salle des *consignés*, dans l'hôpital de Cayenne: c'est un cloaque fermé aux verroux, où Barthélemi et Lafond-Ladebat ont vécu quelques jours avant d'être transportés à Senamary.

28 février.

A dix heures ce matin, M. Lemoine, commissaire des guerres, a passé l'hôpital en revue; il a ordonné que je fusse transporté dans la salle des malades *libres*.

29 février.

A dix heures du matin, M. le commissaire des guerres, en grande uniforme, est venu ici, il a prononcé mon nom en entrant; j'étais au lit, et je me suis levé sur mon séant. Il m'a dit:

« Monsieur, je suis chargé par le Gou-
» vernement de vous dire que la consigne
» qui vous tenait renfermé est levée; ainsi
» vous pourrez aller prendre l'air sur le
» bord de la mer; le gouverneur a pensé
» que cela pourra rétablir votre santé ».
Et s'approchant de mon oreille: « Saisissez
» cette occasion pour fuir enfin votre cap-
» tivité: car tel est votre sort, que, si vous
» ne partez pas cette fois-ci, le tems de votre
» exil n'étant pas limité, vous courez risque
» d'être prisonnier ici aussi long-tems que
» le premier Consul gouvernera. Sauvez-
» vous; gardez-vous de paraître aux yeux
» du gouverneur; il se promène le matin

» et le soir, vous pouvez faire vos affaires
» pendant la grande chaleur; il paraît ne
» pas vous aimer. Je suis sensiblement flatté
» que le gouverneur m'ait choisi pour son
» interprète dans une aussi agréable mis-
» sion : mais mon bonheur serait complet,
» si moi-même je pouvais faire des heureux.
» Beaucoup de succès et de courage! une
» nouvelle vie s'offre à vous : au revoir,
» monsieur ».

Je suis libre! Je suis rendu au monde! Je puis écrire! Je puis remercier les honnêtes gens qui m'ont fait du bien! Je peux fuir! Hommes exécrables! si, il y a vingt-sept mois, j'étais *couvert de crimes*, ai-je pu les expier par les travaux, la faim, le dénuement, les vexations et la fièvre? J'étais *couvert de crimes*, mais vous n'avez pu trouver un seul motif assez puissant pour me livrer à la justice comme un vil criminel, ou à vos sbires pour me faire fusiller.

Adieu. Je n'ai ni argent ni vêtement. Je vais travailler à fuir.... Mais comment éviter les pilotes!... Je vous embrasse de toute mon âme.... Je tâcherai de passer à Londres..... Adieu.

SEPTIÈME LETTRE.

Philadelphie, Etats-Unis d'Amérique, 25 avril 1804.

Enfin je suis libre et à l'abri de toute tyrannie. Ma joie est si parfaite que je ne puis m'empêcher de vous la faire partager.

Aussitôt après la dernière visite du commissaire des guerres, je reçus des témoignages d'intérêt et d'amitié de vingt personnes, comme du chirurgien en chef, M. Tresse, le médecin en chef, M. Noyer, du commissaire des guerres, de mesdames les sœurs de l'hôpital qui me prodiguèrent leurs soins, leurs visites de consolation et, malgré moi, leur argent pour des choses d'agrément qu'on n'a jamais dans un hôpital, et du digne commissaire ordonnateur M. Benoist Cavay. C'est ici le lieu de leur témoigner mon respect et ma tendre reconnaissance.

Dès le premier mars, j'allai à bord de plusieurs navires américains pour m'y engager comme matelot. Les capitaines parurent se soucier fort peu de moi. Je ne me rebutai pas. Le lendemain, je fis visite à M. Benoist Cavay qui me félicita sur ce qui m'était arrivé, et qui me dit qu'il se ferait un plaisir d'avancer l'argent nécessaire pour m'aider jusqu'au premier port étranger. Je le remerciai avec transport. Aussitôt j'allai engager mon passage à bord du brig américain, Jane, de Philadelphie, commandé par M. Peter-Ridge. Il me fit entendre que, comme j'étais pauvre, je ne paierais que quarante piastres, que je me procurerais mes vivres et que je travaillerais comme les matelots.

Peu de jours après, grâces à la libéralité de M. Benoist Cavay et des dames religieuses qui voulurent bien me dispenser de faire aucune démarche, toutes les provisions jugées indispensables et même quelques superfluités furent portées à bord. Il fallut attendre quelques jours.

J'allai plusieurs fois faire des visites à ces bonnes et respectables sœurs de l'hôpital. Elles me dirent que le gouverneur savait que je venais les voir et que, comme elles le connaissaient bien, mes visites pourraient leur nuire au moins autant qu'à moi. Je reconnus encore ici l'influence *terrifique* de Victor Hugues; je ne fis plus de visites, excepté le jour du départ.

La ville de Cayenne n'a que trois ou quatre rues et une place. La principale rue est sinueuse et pavée. La Savanne, qu'on peut appeler *la nouvelle ville*, est régulière; mais on n'y voit que des baraques et de grands jardins. La citadelle est bien armée. Il y a à l'est un petit canal pour faciliter l'arrivage des denrées; toutes les communications du pays se font par eau.

Cette Colonie ne s'est jamais élevée même au rang des Colonies secondaires. Il y a quarante ans, douze mille Européens et Acadiens y trouvèrent la mort. Alors, les bords de la rivière la Comté étaient peuplés jusqu'à vingt-six ou trente lieues de la rade, même au-dessus d'une cataracte, praticable à peine pour les petits bateaux. Aujourd'hui, tout est désert.

Il est raisonnable d'attribuer l'anéantissement subit de la Colonie à l'inexpérience ou à la pusillanimité de ses Gouverneurs. Il n'y a d'habité, à bien dire, que l'île de Cayenne, et la côte entre la rade de ce nom et Sénamary. Cette étendue de côtes est à-peu-près de vingt-quatre lieues. On y cultive tout avec succès. On y chavire la tortue.

Le plus grand empêchement à la prospérité de cette Colonie, sera pour long-temps la facilité qu'ont les esclaves de déserter. Sont-ils mécontens ou fatigués du travail ? ils marchent vingt minutes, et peuvent jouir dès-lors des biens de la liberté dans les immenses forêts d'Amérique.

Depuis le rétablissement de l'esclavage, trois habitations considérables ont perdu tous leurs nègres, qui sont partis en masse, la chaudière sur le dos, et sont allés, dit-on, former une peuplade à cinquante ou soixante lieues dans les forêts. Il est probable qu'ils iront grossir la ville des Nègres indépendans.

J'appelle ainsi un établissement formé, il y a cinquante ans au moins, à quatre-vingt lieues de l'embouchure du fleuve Marony, sur ce fleuve qui fait frontière entre les Guyannes française et hollandaise. Il s'y trouve plus de dix mille Nègres, des deux Nations. Ils ne reçoivent chez eux ni Européens, ni Indiens, ni sang mixte.

Ils y ont un Roi, une citadelle, des canons et de la poudre qu'ils vont prendre à Surinam, où l'on a reconnu dès long-temps leur indépendance, en échange du coton, sucre et café qu'il y envoient dans de fortes barques.

Le dernier Gouverneur royal de Cayenne demanda à fraterniser avec ce Roi nègre qui lui envoya deux de ses fils. Aussitôt qu'ils furent arrivés, on leur donna une garde d'honneur. Ils restèrent un mois dans cette ville. Ils allaient à la messe, tous les jours, et logeaient chez le Gouverneur; mais, bientôt ennuyés de vivre avec des Européens, ils se rembarquèrent. Le Gouverneur les fit accompagner d'un officier et de quelques soldats jusqu'à l'embouchure du fleuve Marony.

Si les métropoles de la Haye et de Paris continuent de négliger ces Colonies, il se pourrait que la ville des Nègres indépendans, de concert avec les Nègres des deux Guyannes, exterminât, quelque jour, tous les Européens qui y demeurent. Les esclaves de Cayenne ont fait un grand pas vers la liberté. Beaucoup savent lire, et raisonnent. Il pourra y avoir aussi ici de grandes révolutions.

On ne verrait plus dans cette petite ville un certain nombre de riches négocians, qui furent fouettés et marqués en France, avant leur exil. La terre s'ouvrirait pour dévorer les cadavres d'une multitude de gueux vomis de l'Europe, et dont les mœurs et les opinions font rougir l'humanité. Peut-être le Ciel ferait également justice des deux inséparables amis, Victor Huges et Billaud-Varennes, qui y triomphent aujourd'hui.

J'ai vu faire à Cayenne une expérience qui, je crois, n'est usitée qu'en Egypte : ce sont des bains de sable brûlant, pris vers midi, sur le bord de la mer, pour guérir les paralysies.

Le climat est brûlant. L'île et les côtes sont régulièrement rafraîchies de fortes brises. Dans l'intérieur, on ne les sent qu'à la proximité des grandes rivières. Il y pleut, huit mois par an ; dans l'île, pas plus de cinq constamment. Il a plu, à Nancibo, pendant cinquante-trois jours et autant de nuits, presque sans discontinuer. La rivière y avait haussé de vingt-un pieds en quarante-huit heures. Les Nègres y travaillent, malgré la pluie. On n'y connaît guères les douleurs rhumatismales. Plusieurs y vivent fort vieux.

L'air est toujours humide et ronge le fer ; c'est pourquoi toutes les ferrures sont de cuivre. On ne peut y conserver ni le linge, ni les livres, qui y sont quelquefois dévorés en quelques heures, par une fourmi rouge et grosse, appelée *poux de bois*.

Les scorpions et les vampires y sont fort nombreux. Ceux-ci sont affreux comme les autres, et fort grands. Ils pénètrent aisément partout, car il n'y a pas de vitres dans le pays à cause de l'excessive chaleur. Ils volent légèrement autour de vous, vous endorment encore mieux en rafraîchissant l'air, et enfin plongent sur vous entre les yeux ou aux talons. Là, ils sucent votre sang à plaisir, et toujours en grande abondance.

Tous les cinq ou six ans, il y a à Cayenne une épidémie qui n'atteint jamais les Nègres. Les Européens en sont exempts, s'ils sont d'une faible constitution.

Il y a quelques honnêtes gens dans ce pays, si l'on fait abstraction des vices grossiers attachés à tous les climats chauds. Il y a peu de blancs qui n'aient pas une concubine noire ou jaune outre leurs femmes légitimes. Les blanches y sont ignorantes, sans gaîté, vieilles de bonne heure, libertines dans le langage et dans l'action, mal-saines, et très-paresseuses. Elles sont nus pieds dans leurs appartemens, et le plus souvent au lit, ou dans le hamac qu'elles font mouvoir par une petite négresse, tandis qu'une autre leur chatouille doucement les pieds pour les faire dormir. Vous voyez quelquefois de ces indolentes à qui l'on supposerait à peine la force de marcher, prendre un fouet, et appliquer de vigoureux coups du manche sur les épaules des quarteronnes, ou métisses servantes, qui toutes sont belles, grandes et bien faites.

Les dames se font porter en hamac par les Nègres. Cela est moins somptueux que les palanquins.

Quelques jours avant mon départ, je vis célébrer le carnaval. Victor Hugues, ni le commissaire ordonnateur n'y étaient pas. Tous étaient travestis. Le général l'était en tambour-major; les officiers en chapeau rond, en habit noir, les soldats en officiers. Tous étaient ivres. Ils revenaient d'une orgie à un mille de la ville. Leurs jambes étaient revêtues de bas rouges et noirs. Plusieurs officiers avaient des jupes, avec la figure toute barbouillée. Ce n'est pas ainsi qu'on s'amuse à Paris, à Venise ou à Rome.

J'ai vu une autre horreur, une maison pleine d'esclaves à vendre, et des dames allant examiner trois cents de ces misérables accablés de faim, de misère et de servitude, choisir les plus beaux, dire leurs défauts ou qualités physiques. Voyons, faites-moi venir ce petit nègre, cet autre grand, cette femme qui a un enfant dans les bras, au collier rouge et au pagne vert, dit une des dames au gardien. Oh ! le nègre a les épaules superbes;

herbes ; dis-lui de se tourner.... Il est jeune, il n'a pas de barbe, il deviendra fort, voyons ses mains et sa langue, c'est un nègre moulé. Jean, marque à mon nom ces deux nègres et ces trois négresses, et me les envoye à la case. Alors on passa au cou de chacun, une corde à laquelle pendait une marque de plomb.

On voit à l'embouchure des rivières, des caymans dormir sur l'eau ou aller à terre. On y voit des lamantins qui, dit-on, ont le sein d'une femme, et quittent l'eau pour rester quelque tems sur le sable, ayant un ou deux petits dans leurs ailerons. Les tortues aussi vers le mois de juin, sortent de la mer, et font dans le sable, des trous aussi larges qu'elles, c'est-à-dire de quatre ou cinq pieds, où elles disposent leurs œufs. C'est alors qu'on cherche à les renverser ou chavirer. On les sale et on les vend aux étrangers. L'on m'a assuré que le lamantin allaite ses petits.

Le bradypus ou mouton paresseux est fort gros, monte sur les arbres, et est si lent qu'il met plusieurs heures à descendre d'un arbre de soixante ou quatre-vingt pieds. La vache américaine est un petit éléphant ; on l'appelle *vache*, parce que sa chair en a le goût. Celle que j'ai vue, et dont j'ai mangé à Nancibo, avait au plus deux pieds et demi de haut ; la peau était d'un gris sale et sans poil ; elle avait deux défenses et une proboscide, de petits yeux, la queue courte, les pieds un peu fendus, et ceux du devant plus petits et plus courts que ceux de derrière.

Les cochons sauvages sont très-nombreux; ils ont des défenses, ils nagent très-bien, voyagent dans les bois, un à un comme les Indiens; leur pilote ou capitaine est toujours un des plus petits; leur poil est très-rude; ils sont très-braves, et ne craignent guères que les serpens. Un jour il en parut une troupe à Nancibo, ils criaient beaucoup; tout le monde s'arma de fusils, haches, sabres, etc. : dix-neuf furent tués, et nourrirent pendant trois jours tous les prisonniers et la garnison.

Il y a dans la Colonie plus de cinquante espèces de serpens ; il n'y en a guères que six ou huit qui soient à craindre; plusieurs sont terribles et énormes. Le serpent *grage* ou à *damier*, et le serpent qui combat le feu, et passe en fureur sur les charbons ardens, sont épouvantables, parce que leur morsure est mortelle.

On voit rarement des couleuvres; il y en a

une empaillée au gouvernement de Cayenne; elle mesure presque quarante pieds de long.

Les Indiens et quelques nègres ne redoutent pas les serpens ; ils assurent pouvoir s'inoculer le venin, par une incision dans les vertèbres. Cette inoculation, qui se fait avec quelque cérémonie superstitieuse, les rend très-malades pendant douze ou quinze jours, avec la fièvre ; ils prennent alors des potions fortes et amères ; la plaie se ferme, le malade se guérit et se croit à l'abri des morsures. On n'en est pas moins mordu de nouveau, mais on croit généralement que le venin n'a plus autant de pouvoir : les Indiens ont aussi leurs jongleurs, leurs sorciers et leurs médecins.

L'*agaman*, nom créole d'un petit lézard, est, dit-on, fort dangereux ; il fuit l'homme en frappant de la queue, il se plaît sur les arbres pourris : comme le caméléon il prend la couleur de vos vêtemens. Les Indiens les redoutent, disent qu'il n'y a pas de remède contre leur morsure, et que l'homme mordu maigrit de plus en plus pendant neuf lunes, et meurt.

Il y a aussi d'énormes lézards de quatre ou cinq pieds de long, et si lestes que vous les voyez à peine courir. Il y en a de petits domestiques ou privés, qui entrent dans les appartemens, et cherchent les mies de pain ou de cassave.

On y trouve l'anguille tremblante ou *torpide*, qui, si vous la touchez, vous donne un choc égal à celui de la machine électrique.

Que ceux qui aiment la nature n'imaginent pas la trouver dans toute sa beauté terrifique en Europe ; qu'ils se rappellent qu'il y a dans les Guyanes des *steppes* ou prairies couvertes d'herbe dite à crapaud, sur laquelle vous êtes épouvanté de voir des robes de serpens tout fraîchement quittées. Le voisinage du serpent se devine par son atmosphère empoisonnée et musquée, qui quelquefois rend la respiration très-difficile.

Si un Indien, de sa barque, bande son arc vers une troupe de singes, dans les arbres, ils jettent des cris terribles. Les Indiens n'osent pas aller tout de suite prendre le singe tué. On rirait en Europe de lire que des hommes craignent des singes. L'homme le plus vigoureux qui n'aurait d'armes que ses bras, ses pieds et ses dents, ne pourrait jamais se débarrasser de trois singes, et certainement mourrait de leurs blessures.

Il y a différentes nations d'Indiens. Ils sont en général pacifiques. Ils ont des costumes de guerre et de cérémonie; mais toutes leurs races dépérissent par l'usage immodéré de l'eau-de-vie. Ceux d'Oyapoc, qui vivent sur les arbres, sont presque tous morts. Il y en a une tribu féroce sur le Marony. Les gouverneurs hollandais et français nourrissent cet esprit de férocité en leur donnant un nombre déterminé de bouteilles de *tafia* par tête morte ou vive de déserteurs qui auraient tenté de passer d'une Guyane à l'autre.

Les Indiens sont grands ennemis des nègres. Dans les excursions faites pour découvrir et détruire les plantations des nègres déserteurs, à soixante ou quatre-vingt lieues dans les terres, il y a toujours en tête un Indien qui, à ce que l'on croit généralement, a la faculté de sentir les nègres de fort loin. L'inimitié des Indiens pour ceux-ci ne peut s'expliquer que par l'horreur qu'ils ont pour un travail régulier et forcé : ou bien il faut supposer à l'Indien assez de dignité et d'amour de la liberté pour mépriser des êtres qu'ils croient assez lâches pour se laisser enchaîner par les blancs et réduire au déplorable et honteux état de la servitude.

Et pourtant, donnez une uniforme et des armes aux nègres, ils apprennent vîte l'exercice et la petite tactique, et sont généralement intrépides et susceptibles de discipline.

On a toujours cherché à ravaler cette race d'hommes déjà si dégradée. Les dix-sept officiers de l'état-major de Toussaint-Louverture, étaient ou mulâtres ou nègres. Tous non-seulement savaient écrire une lettre très-correctement, mais parlaient avec la politesse d'un homme de bonne compagnie. Il est vrai qu'ils avaient reçu leur éducation en France. Il y a en Europe des armées où l'on ne trouverait pas aisément dix-sept officiers capables d'écrire en six minutes une lettre très-polie et du style le plus pur. Aux États-Unis d'Amérique il y a des dix milliers de nègres qui apprennent aussi vîte que les blancs, à lire, écrire, calculer, les métiers, etc. Plusieurs y ont acquis de grandes fortunes.

Je me rappelle qu'en revenant prisonnier de Senamary à Cayenne, je vis sur la route, à l'aurore et près d'une habitation, un nègre nu, attaché à un arbre, la tête inclinée sur l'épaule, et tout le corps couvert de sang caillé sucé en abondance par les maringouins, moustiques, macques, brulôts, tous insectes avides de sang. Ce malheureux avait ainsi péri peut-être pour quelque faute légère, succombant à la douleur affreuse des piqûres de milliers de ces insectes.

Comment la révolution de Saint-Domingue se murit-elle? ... Il y avait dès long-tems un levain d'insurrection dans tous les cœurs nègres. Nul n'ignorait qu'un Cob..... de Limonade, avait jeté plusieurs de ses esclaves dans son four. Parmi cent traits de barbarie commis envers les esclaves, en voici un qui vous donnera la mesure de la férocité de l'homme. Un habitant fort riche avait invité plusieurs de ses voisins à dîner. Après qu'on se fut levé de table, il leur dit qu'il voulait *les faire rire*. Un nègre, ce jour-là, n'avait pas fait son devoir. On le fit appeler. On commanda une fosse pour lui. Le planteur cependant avertit un de ses amis de demander la grâce du nègre quand il serait dans la fosse. La désastreuse scène commence. Le nègre, les larmes aux yeux, mais chantant avec l'*atelier* ou tous les nègres présens, descend dans la fosse profonde de six pieds. Deux ou trois nègres sont préparés à le couvrir de terre. Dans ce moment le convive demande pardon pour le nègre qui répond avec fureur et avec une grandeur d'ame inexprimable : *Moi pas v'lez* (*je ne veux pas.*)

Le maître aussi-tôt le fit couvrir de six pieds de terre.

Vous devinerez aisément quelles peuvent être les mœurs, chez un peuple privé d'établissemens d'éducation, et vivant sous le climat de la Zône Torride. Chaque maison présente le tableau d'un gouvernement asiatique. Tous les ordres sont exécutés sans murmure; tous les châtimens sont terribles; toutes les passions tiennent de la fureur; tout respire la servitude la plus abjecte. Avant la révolution du moins, il y avait des prêtres dans les colonies françaises. Comme le Zambo ou l'Indien du Mexique va réclamer la protection du Cacique de la peuplade, le nègre français allait demander pardon à son maître chez le pasteur de la Bourgade.

On appelait le Cap-Français, le Paris de l'Amérique, c'est-à-dire, qu'il s'y voyait plus de luxe, plus d'impureté, plus de richesses et plus d'infamie.

En 1788, lorsque la mode chez les dames fut de porter des boutons de métal à leurs robes, plus de deux cents femmes de couleur, entretenues, paraissaient au théâtre avec des quadruples, au lieu de boutons.

Le luxe, enfant de l'opulence, et qui amollit les cœurs et détruit les empires, a été le plus actif destructeur de cette Colonie. Le peuple y était plus que mûr, il fallait qu'il pérît. Les nègres ont joué le rôle des Crotoniates, et la Sybaris américaine n'offre plus que des ruines.

Il est digne de remarque que, dans les Colonies anglaises et espagnoles, mais particulièrement dans celles-ci, les nègres sont infiniment moins maltraités que dans les Colonies françaises. Ce sujet pourrait donner matière à un volume.

Mais revenons à la Guyanne.

Le bois de rose s'y trouve; il est droit, majestueux, et haut comme le cèdre du Liban; le bois est d'un jaune d'or, très-compact, et, jusqu'aux feuilles, tout l'arbre a une odeur délicieuse.

On y voit aussi le bois de fer, aussi dur, aussi compact que celui dont les Chinois font leurs ancres. L'arbre à suif et le gayac y sont communs. L'arbre au quinquina y existe, dit-on, aussi bien que la vanille, vers le fleuve Arowari. L'arbre à pain, le manglier y sont naturalisés. Le conani, arbrisseau qui enivre le poisson, y est commun. Presque tous les fruits sauvages sont aigrelets et gommeux: presque tous les arbres ont cette dernière qualité, il y en a dont les sucs sont de couleur de sang. Les arbres des *steppes* et des prairies sont en général de bois mou, et cernés de masses de lianes, qui semblent comme des hommes très-hauts et très-frêles, coalisés et disputant la vie, l'air et le terrein aux énormes colonnes des forêts. Sur les montagnes, les arbres sont durs, majestueux et de la plus belle venue. Mais je m'arrête : je ne suis point naturaliste, je ne sais point décrire, j'ai admiré. La nature est aussi belle à San-Salvador, aux pieds des Cordelières, et généralement à vingt degrés sud ou nord de l'équateur.

Tout ce qui participe d'une nature humide est gigantesque aux Guyanes ; les poissons sont énormes ; les rivières abondent en caymans ou aligators, lamantins, vieilles, requins. Les serpens, les crapauds, les lézards, qui aiment les lieux bas, sont monstrueux. Mais les animaux qui se plaisent dans les terreins secs et sur les montagnes, les oiseaux, tous les volatiles, sont généralement moins gros qu'en Europe. La biche n'est pas plus grande, le cochon sauvage est moins gros que le sanglier d'Europe. Les oiseaux pêcheurs qui habitent les bords des fleuves sont forts beaux ; il y en a de blancs, avec la tête rouge et le bec fort long.

Il n'y a pas d'aigles. Il y a une espèce de lion dégénéré; point d'éléphans. On y voit le tigre rouge, énorme, mais pas aussi féroce que ceux de l'autre continent. Le chat-tigre qu'on y trouve, est le tigre-royal rabougri.

Le pays recèle des mines de bien des espèces, beaucoup de fer, des pyrites et des cratères éteints.

De la rivière des Amazones jusqu'à Cayenne, les terres sont très-hautes. Les masses des montagnes viennent se perdre preque perpendiculairement dans la mer. Sous le vent de Cayenne, les terres sont alluviales jusqu'à dix ou douze milles des côtes; et là commencent les montagnes. La côte est plate de là jusqu'à l'embouchure de l'Orénoque. L'intérieur est montueux, très-bien arrosé et très-fertile; mais la pluie qui tombe en torrents, enlève, aux cimes des montagnes, leur terre végétale.

Un heureux hasard m'a abouché ici à la bourse avec M. James Latimer, négociant, propriétaire du brig sur lequel je suis venu de Cayenne. Cet homme généreux m'a offert de quoi acheter des vêtemens, payer ma pension, et aller à l'école pour l'anglais. J'ai accepté dans l'espoir de pouvoir lui rendre tout cela quelque jour. Il m'a fait faire la connaissance d'un négociant français, Louis Clapier, qui aussi m'a prêté de l'argent. On dit ici qu'il a rendu de grands services aux Français expatriés de Saint-Domingue.

J'ai le même tribut de reconnaissance à offrir à M. Joseph Sansom, quaker; mais fort instruit. Il a voyagé en Europe.

J'ai été voir successivement M. Merry, ambassadeur d'Angleterre, et M. Thornton, chargé d'affaires. J'ai peint ma situation à ces messieurs; ils m'ont fait des politesses.

Je vais tâcher de partir pour l'Angleterre. Il est possible qu'un jour je vous donne une description du pays qui a vu naître Franklin et Washington.

J'ai l'honneur, etc.

P. S. Me voici aux Etats-Unis d'Amérique, le plus beau fleuron de la couronne d'Angleterre. Il est perdu pour elle. Il est perdu, vous savez pourquoi et comment. Sans être anglomane, je crois qu'il y a eu toujours beaucoup de sagesse dans le cabinet de la Grande-Bretagne. Par exemple, comment les Espagnols lui cédèrent-ils si facilement la belle île de la Trinité, et pourquoi les Anglais désirèrent-ils tant de l'avoir ? C'est que cette île est fort près de la terre ferme, et qu'en une demi-nuit on peut rencontrer de-là les contrebandiers de Cumana. L'île de Curaçao ne vaut rien non plus que par son voisinage de la terre-ferme.

Autrefois les Anglais avaient grand soin de n'établir leurs Colonies que dans les zones tempérées. Aujourd'hui, ils savent braver tous les climats. Et il est trop vrai que la mer commande à la terre. Je voudrais que la France honorât le commerce de la mer par toutes les récompenses humaines. En Angleterre, un manufacturier, un banquier, un pilote, un capitaine de navire marchand, peuvent parvenir à la noblesse.

Regardez la carte de l'Amérique, vous verrez au nord les Canadas, le beau fleuve Saint-Laurent, où les vaisseaux de cent canons montent jusqu'à cent cinquante lieues de la mer; les lacs immenses séparés les uns des autres par des portages de quelques lieues; toutes les peuplades indiennes, amies de l'Angleterre, ou achetées par elle, son commerce *frapper* et commander le tribut aux forêts sans fin jusqu'à la mer Pacifique.

L'or et l'argent des Mexiques va se verser à Calcutta et à la Chine. C'est la faute des indolens Espagnols. Qu'ils remuent le sol de leurs délicieux climats, qu'ils ferment les mines; ils auront des vertus, et tout le globe en sera heureux.

Carthagène et ses hautes terres de la Magdalena formeront, quelque jour, un grand empire. Cette rivière est navigable jusqu'à cent cinquante lieues de la mer. Quel spectacle!

Caraccas ou Venezuela est moins riche. Il y fait trop chaud. Le Pérou, à l'opposite, est également brûlant, et n'a pas de navigation.

Le Brésil n'est-il pas réservé à jouer un grand rôle? Il est sur la route des Grandes-Indes: c'est aussi le pays de l'or et de toutes les richesses. La population d'aujourd'hui y est dégoûtante; mais, que le Brésil ait de bonnes lois, et ce sera un magnifique royaume.

Je vois enfin un autre immense empire s'élever: Buenos-Aires, l'Uraguay et le Chili, qui peuvent fournir à toute la terre toutes les matières grossières, mais si utiles, que la Norwège, la Suède et la Russie vendent à toute l'Europe. De la rivière de la Plata à la terre de Feu, on trouve le chanvre, la mâture, le fer, le cuivre, le suif, les peaux, tout dans l'abondance de la Nature primitive. Que serait ce pays, s'il était peuplé d'hommes habitués à travailler, pour obtenir tout le bonheur possible ?

Pour les îles, elles sont, par leur situation, destinées à devenir tributaires de la terre-ferme. Les États-Unis sont aux portes des Colonies, et auront des îles, quand il leur plaira. L'Europe entière ne pourra plus bientôt les en empêcher.

Quel merveilleux pays!.. Il n'a rien d'attrayant pour l'homme du monde, sans doute; mais la nation est-là, qui croît et pullule comme les forêts. Toutes les races du monde s'y croisent à plaisir. On n'y suit guères que les lois de la nature, parce que chacun en travaillant est sûr d'y gagner sa subsistance. Il embrasse tous les climats.

Le peuple voulût-il, par frénésie, déclarer la guerre à tout le monde civilisé ? Cent mille matelots iraient courir les hasards de la fortune sur les flottes qu'on peut y bâtir dans les forêts même ; les citadins abandonneraient leurs villes toutes bâties sur les fleuves pour la plus grande commodité du commerce, et reculeraient avec *le Palladium* de leur indépendance, jusqu'aux montagnes inaccessibles et dans le fond des bois.

Anglais, il vous eût fallu garder l'Amérique du Nord, que Buenos-Ayres contre-balancera sous tous les points de vue, et aujourd'hui vous commanderiez à toute l'Amérique. Aux États-Unis, il y a un vieux proverbe de Francklin dans toutes les bouches : Le soleil de l'Angleterre est couché pour jamais. « *The sun of England is set for ever.* »

Je vous ai parlé avec enthousiasme du nouveau monde. Gardez-vous bien de vous méprendre. Il y manque des bras par-tout. Il y faut des hommes de moeurs rudes, demi-sauvages, point de ces aimables habitans des grandes villes de l'Europe, qui ne peuvent vivre que dans le luxe et toutes les délicatesses. Ceux-ci y mourraient bientôt d'ennui

ou

ou de leurs propres vices. La corruption est si naturelle à tous les climats ! et les grandes villes du nouveau monde comme Québec, New-York, Philadelphie, les jolies villes de Virginie, des Carolines et de Géorgie, la Nouvelle Orléans, Mexico et la Puebla de Los Angelos, la Havanne, Kingston de la Jamaïque, Santa Fé de Bogota, Lagoyra et Maracaïbo, Carthagène, les deux grandes villes du Brésil et enfin Buenos-Ayres recèlent déjà tous les fléaux de la civilisation et n'en rougissent plus.

Si toute l'Amérique est destinée à former de vastes empires indépendans les uns des autres, elle n'y arrivera pas sans combattre bien des obstacles. Pour les États-Unis, par exemple, quel rôle jouera enfin le million de nègres esclaves et toujours prêts à la révolte dans les états-méridionaux ? Que deviendront tous les Indiens guerriers de la Zône tempérée, les Féroces Moxos en terre ferme plus au sud, les nègres affranchis de Saint-Domingue, les fugitifs des montagnes bleues à la Jamaïque, la ville des nègres libres du Marony, et par-tout les grands et opulens propriétaires d'un côté de la bataille, et de l'autre, les Nègres, les Indiens, les Sambos, toutes les castes nées dans la misère ou dans la médiocrité ?

Venezuela, que Miranda prétendait vouloir rendre libre, avait déjà constitué son gouvernement indépendant. Le tremblement de terre qui y arriva peu après, et qui bouleversa toutes les villes et deux cents lieues de pays, rendit tout à la métropole. Qu'une autre grande secousse physique s'y fasse sentir, on croira fermement par-tout avoir offensé le Ciel, et se devoir aux Rois.

Ce n'est pas ici le lieu de vous décrire les climats, les mœurs, les avantages et les vices du nouveau monde. Je désire de pouvoir un jour vous en donner le tableau.

La Guyanne, sous le rapport des améliorations, en mérite un particulier, comme appartenant à la France.

Adieu.

FIN.

NOTES.

(1) L'ÉPIGRAMME n'était pas de moi. La police non plus ne me dit pas alors que j'en fusse l'auteur. M. de C........, jeune homme fort aimable, était alors bien venu d'une dame qui exerçait une influence très-flatteuse. Rentré tout récemment en France, il parvint à entremettre cette dame dans l'obtention de l'élimination de son nom de la liste des émigrés. Ses parens avaient péri ou de chagrin en Allemagne, ou par la guillotine en France. Elle suivit l'affaire avec chaleur; mais Buonaparte sachant qu'une femme avait fait des démarches en faveur du jeune homme, au lieu d'approuver l'élimination proposée, la biffa. Le jeune homme ne connaissant plus nul moyen d'obtenir justice, voulut se venger en écrivant plusieurs épigrammes contre le régime militaire. Il me les montra, je les copiai, et elles furent saisies parmi mes papiers.

(2) Madame de Pompadour, dans ses jours de faveur, avait porté une robe de 12,000 livres. Madame Buonaparte, sa fille, mesdames Murat et Le Clerc parurent chez Madame ...., avec des robes chacune de 30,000 francs.

(3) Dans l'ancien régime on ouvrait chaque année, au public, la galerie d'Apollon, au Louvre. Les portraits de la reine et des enfans de France y étaient exposés sans nom, sans numéro. En 1801, madame Buonaparte y fit mettre le sien également sans nom, comme pour faire entendre qu'elle ne devait pas être moins connue du peuple qu'une reine même.

(5 *bis.*) Elle s'était jetée aux genoux de Buonaparte; elle était belle et en pleurs; elle marchait sur ses genoux, échevelée, et demandant la liberté de son mari. Buonaparte tourna la tête, et aussitôt un des premiers lieutenans la poussa vigoureusement à trois ou quatre pieds, où elle tomba sans connaissance.

Le Comte de Bourmont et d'autres chefs de l'armée royale de Bretagne avaient signé une amnistie. On leur avait imposé l'obligation de se marier et de demeurer à Paris.

On fit courir le bruit (sans doute pour préparer la victime au sacrifice) que quelques heures après l'explosion du tonneau appelé *machine infernale*, circonstance où l'on put bien juger que le peuple était enchaîné pour long-tems, puisqu'en quelques minutes on vit accourir dans tout le quartier de l'Opéra et du Théâtre français, plusieurs milliers de gardes à cheval, de la cavalerie consulaire, le sabre nu, sans officiers, et en chemise, jurant comme des possédés et cherchant partout des victimes; on fit courir le bruit, dis-je, que quelques heures après cette explosion, le comte de Bourmont s'était rendu au palais consulaire, et avait dit à Buonaparte : « On attente à votre vie. J'ai ici trois mille « hommes qui me sont dévoués, et dont je disposerai » en votre faveur, s'il vous plaît ». Buonaparte ne pouvant manquer de redouter un homme qui en avait trois mille à sa dévotion, fit emprisonner M. de Bourmont, et l'envoya à la citadelle de Besançon, d'où il s'échappa et passa en Espagne. Je ne crois pas à l'offre faite des trois mille hommes, et personne n'y a cru. Mais M. de Bourmont était à craindre ou n'était pas aimé, et Buonaparte n'a jamais manqué de moyens pour sacrifier un homme.

(6) La cocarde noire est de cérémonie dans tous les pays.

Les hommes de marque de toutes les nations la portaient à ces bals qui, quoique brillans, ne pouvaient entrer en comparaison avec les fêtes de cour de Vienne, d'Angleterre et de Russie. Les Français à peine revenus de leur longue stupeur, paraissaient émerveillés de cette magnificence. C'était, il est vrai, une bigarrure frappante. On y voyait des étrangers de la plus grande distinction, et leurs dames éblouissantes de beauté et de richesses, mêlés avec les Français, dont un certain nombre, eux et leurs femmes, auraient certainement joué un méchant rôle devant un tribunal rigoureux de justice, de politesse et de bonnes mœurs.

Le Comte de Livourne étoit le même Prince qui accepta bientôt après la couronne d'Etrurie, de la munificence de Buonaparte. Les petites maîtresses de Paris affectaient encore de supprimer les *r* en parlant, et appelaient cette couronne la couronne *des Tueries*.

(7). Le pavillon de Flore, que la Reine occupait aux Tuileries. C'était là que la femme du premier consul donnait ses audiences. Il y avait de beaux grenadiers en sentinelle au pied de l'escalier et au second vol. Après assez de difficultés, on avait accès chez un délicieux petit-maître, secrétaire de la reine *nouvelle*. Il vous donnait rendez-vous pour un autre jour, et quelquefois on parvenait jusqu'au sallon *d'apparat*, où sa majesté consulaire affectait de vous promettre sa protection en toutes choses, mais où l'on ne pouvait jamais rester que quelques minutes.

(8). Je désire de toute mon âme que ceci soit vu par cet honnête ex-constituant. Je voudrais aussi témoigner ma reconnaissance de vive voix à l'anglais prisonnier, qui m'offrit si généreusement sa bourse pour acheter du pain. Je n'étais pas accoutumé alors à manger le pain amer des victimes du despotisme et du crime triomphant.

(9). J'y avais visité, peu de tems auparavant, au nom d'une dame, plusieurs Français, qui y avaient gémi plus d'une année sans avoir été une seule fois interrogés.

(10). A Paris, si l'on arrête quelqu'un, et que le public apprenne que c'est un voleur, chacun se tait, ou dit : c'est bien, il faut que justice se fasse.

Mais, ô Parisiens! pendant toute votre révolution de vingt-cinq ans, vous vîtes tous les jours dans vos rues, de certaines voitures longues, fortes et fermées, courant fort vîte. Vous vous contentiez de dire : « C'est quelque prisonnier. » C'était en effet, un ou plusieurs prisonniers accompagnés de gendarmes, et allant à quelque caveau d'agonie, et bientôt de mort dans les forteresses. Pourquoi cette hâte? Il fallait bien dérober les victimes à vos enquêtes, et ne pas provoquer votre esprit d'indépendance. Vous réfléchissiez peut-être, que ces voitures expéditives pouvaient renfermer quelque prisonnier d'Etat. Et vous vous étiez plaints amèrement des lettres de cachet avant la révolution?..

Vos gouvernemens de la *hache* et de la *bayonnette* vous redoutaient en effet. Avec quel plaisir ai-je vû quelquefois ces vigoureux charretiers-brasseurs débarrasser des griffes de l'espionnage de l'infernale police, et à la grande satisfaction du peuple, de malheureux conscrits, qui probablement s'étaient cachés par la seule raison qu'ils étaient la dernière ressource de leurs vieux parens!...

(11). La feuille de route était signée de........., alors gouverneur de Paris. Quelques semaines auparavant, il se trouvait vers onze heures du soir, dans les salons et le jardin de Frescati, quelques centaines d'élégans et de jolies femmes. Tout-à-coup il se fit un grand bruit dans les appartemens du premier étage, où se tenaient des jeux. Les femmes effrayées, de fuir avec les hommes. Je montai par curiosité, et je vis la scène la plus scandaleuse.

Ce général était vis-à-vis les banquiers du jeu, en habit de cheval, chapeau rond et bottes, cravache à la main, et un aide-de-camp dans le même costume à son côté. Tous deux étaient ivres. Le général avait successivement *couché*, gagné, ou perdu plusieurs rouleaux cachetés et tous de la même forme. Ce sont généralement des rouleaux de cent louis, simples ou doubles. On ne les décachète pas. Enfin, il coucha un rouleau précisément de la même forme que les autres, et gagna. Le croupier ou *tailleur*, lui poussa avec son rateau, un rouleau de la même forme, en paiement. Le général refuse d'accepter. Les maîtres du jeu se lèvent et consultent l'audience, qui prononce à l'unanimité qu'ils ont payé ce qu'ils devaient, puisque le rouleau joué était de cent louis en apparence. Il jure comme un furieux et déclare que son rouleau contient soixante mille francs en billets de banque. La *Galerie* rit et traite ce langage de folie. On commence à penser à l'intention d'escroquerie. Il devient enragé, et dit : « Coquins, ne savez-» vous pas que vous avez affaire au Gouverneur de » Paris » ? Aussitôt les appartemens se vident, les maîtres du jeu eux-mêmes fuient épouvantés. Le général et son aide-de-camp s'emparent de la caisse et des cartes ; de leurs cravaches, ils brisent les lampes, et avec leurs éperons, des glaces magnifiques de la hauteur des appartemens.

Sept ou huit cents personnes surent les détails de

cette scène. Le lendemain on s'attendait à apprendre la disgrâce du général. Il continua d'être gouverneur de Paris. Il faut croire qu'il était comme Bernadotte et Lasne, très-rédoutable à Buonaparte.

(12) Il n'était que dix heures et demie, lorsque je montrai à madame de...... ces épigrammes qu'elle me rendit par dessus son épaule, en souriant. Vers minuit, une grande et assez belle femme assise sur un sopha, m'appela après que j'eus dansé. « Montrez-moi, » je vous prie, ce qui a fait rire madame de....... » = Oh! non, s'il vous plaît, madame. Cela n'en vaut » pas la peine. » Il semblait que je prévisse mon malheur. Je refusai, elle persista, me flatta par tant de politesse que je lui montrai les couplets et épigrammes. Elle me les rendit en me disant que cela était fort joli et fort bien fait.

J'étais, en vérité, bien inconsidéré. Il n'y avait que peu de jours que, me promenant avec un homme de fort bonne compagnie dans le jardin des Tuileries, et qui me fit remarquer un fort bel homme, d'un beau nom, il me dit : « connaissez-vous ce bel homme? Oui.... répondis-je : il ne m'aime pas, parce qu'il sait que je vais chez sa femme et qu'elle m'a dit sa conduite abominable envers elle, un certain vol considérable fait impunément pour en mettre le produit aux pieds d'une célèbre danseuse. « Prenez garde, me répondit mon ami, il va dans le grand monde, au faubourg Saint-Germain, à la Chaussée-d'Antin. Il est espion secret de la police depuis quelques jours. —Cela ne peut être. Je l'ai vu chez madame.... « D'où venez- » vous donc? Sachez que madame.... quoiqu'elle » tienne un très grand cercle, est ruinée, et que le gou- » vernement lui donne une grosse somme d'argent pour » tenir une maison somptueuse. C'est dans ce mélange

» du grand monde, ministres étrangers, nobles du
» vieux régime, nouveaux venus, femmes de ton, etc.
» que Buonaparte a déterminé de connaître la mesure de
» l'opinion publique à l'égard de son gouvernement. »

(13) Madame Minette était alors la marchande lingère *à la mode*. Toutes les élégantes allaient chez elle comme chez le Roi, pour les shawls-cachemires, et chez Armand pour la coiffure. Que de brillantes sottises! Madame Minette, il est vrai, fournissait beaucoup au pavillon, mais ne recevait jamais rien. Le premier Consul n'ayant alors que 500,000 fr. d'appointemens, que pouvait-il donner d'honnête à sa femme pour la toilette, les diamans, le jeu, les équipages, les libéralités et les *charités*? Elle travaillait régulièrement à *acquérir la réputation d'être la meilleure, la plus compatissante, la plus charitable des femmes*. Ce fut à-peu près dans ce tems-là qu'elle fit son arrangement pour avoir chaque année six millions sur les licences des jeux.

(14) Je demande aujourd'hui mille pardons à l'Italie et aux Espagnols. Lorsque j'écrivis ceci j'avais raison. L'Espagne et le Portugal viennent de donner une grande leçon au monde. Les scènes plus que scandaleuses des conférences de Bayonne, ont tout-à-coup fait revivre le sang des Viriate et des Albuquerque, des Gonzalve, des Cortez et des Charles-Quint. L'Espagne peut-être, sera avant cinq ans, une des grandes nations du monde.

(15) Les connaisseurs n'en faisaient pas mystère: les diamans étaient beaux, mais mal taillés; ils avaient été répartis entre cinq ou six grandes dames de France et d'Italie.

(16) On appelait les Egyptiennes les dames qui avaient eu des enfans en l'absence de leurs maris alors en Egypte.

(17) L'irréligion était devenue si générale, que le livre le plus infame qui fut jamais publié dans le monde chrétien (la Guerre des Dieux), se vendit ouvertement au nombre de vingt-cinq ou trente mille exemplaires.

(18) Cette prédiction a été accomplie. Dès que la France eut perdu Cayenne, et Buonaparte la chance d'envoyer sans danger un seul vaisseau en mer, comme il n'osait pas égorger à-la-fois toutes ses victimes, il décréta l'érection de huit prisons d'état pour les *crimes dont* ni *les tribunaux civils*, ni *les commissions militaires ne pouvaient connaître.* Et cependant la France, deux ou trois ans auparavant, avait été obligée d'accepter une demi-douzaine de codes, malgré ses dents! Eh! Messieurs les amis du grand homme, plaignez-vous du rétablissement de l'inquisition en Espagne! . . . . . . L'inquisition bien dirigée peut être un très-salutaire établissement. Pour nous, restons en paix; unis, nous n'avons plus à craindre de tyrans. Respectons notre Gouvernement, et cultivons notre religion.

Comme j'ai mentionné ici un décret d'iniquité et d'insulte faite à toute la Nation, je vais en mentionner un autre non moins révoltant. Le même homme qui, en Italie, en Egypte et en France, faisait précéder ses arrêts, ses ordres et même ses lettres des mots *Liberté*, *Egalité*, défendit, il n'y a que quatre ans, aux femmes qui auraient eu plus de 6,000 fr. de rente, de se marier sans sa permission. Je vais tâcher d'expliquer cette énigme, ce décret en est une pour beaucoup de monde.

Il y avait en France des milliers de demoiselles ou de veuves à marier; elles appartenaient à la classe des anciens nobles, ou à d'anciennes familles de la robe, ou enfin à d'honnêtes bourgeois; toutes avaient reçu de l'éducation. Ces femmes ont des principes tout opposés à la révolution, ou au succès de ceux qui, par un long artifice bien ménagé, ont enfin gagné leur but, celui de prendre la place des autres, du moins quant aux richesses. Ces femmes voyant tous les hommes un peu agréables enlevés pour la guerre, sans distinction de rang, fortune, mérite ou talens, restaient vierges. Quelques-unes, peut-être, vivaient, en *secret*, avec des hommes qu'elles n'estimaient pas assez pour leur donner leur main et leur fortune. D'autres enfin préféraient d'épouser de jeunes paysans sans expérience, et de mœurs rudes et innocentes, espérant d'en faire, avec le secours de l'amour et du tems, des hommes d'honneur, et peut-être même présentables à la meilleure compagnie.

Buonaparte savait toutes ces choses; et, calculant que sans doute quelque jour il ne pourrait plus trouver de prétexte pour continuer la guerre, et qu'alors il aurait à récompenser vingt ou trente mille officiers sans patrimoine, et nés dans les classes plébeïennes, il se détermina à lancer ce décret abominable, dans le dessein d'assigner, par force, des femmes et des majorats à cette armée d'officiers, plus épouvantable pour lui qu'une armée étrangère et ennemie. Le décret n'a pas eu complètement son effet; et il faut espérer que l'amour et cette douce sympathie, qui accorde les cœurs, marieront plus de couples que n'en a fait le décret.

(19) Une des assemblées législatives en 1792 avait décrété la répartition entre les défenseurs de la patrie, d'un milliard à prendre sur le produit de la vente des biens nationaux. Jamais cette répartition ne se fit. Quelle dérision et quelle insulte faite à une armée, particulièrement au tems où le décret fut émis! car, la plupart des soldats étaient volontaires, et combattaient de bonne foi pour ce qu'on appelait alors la *liberté*.

(20) Le général Lasne devait commander l'expédition

de Saint-Domingue ; et je le crois avec d'autant plus de raison, qu'il était du petit nombre de ceux qui faisaient trembler Buonaparte. Aussi, lorsqu'il fut tué en Autriche, Buonaparte, qui affecta de pleurer sa perte et d'ordonner un monument à sa mémoire, fut-il vu riant de tout son cœur derrière une porte.

J'ai ouï dire pourquoi Lasne ne partit pas pour Saint-Domingue. Leclerc beau-frère de Buonaparte, fils d'un meûnier, de petite taille, blond et sans aucuns talens, était traité fort légèrement par Buonaparte et par l'armée. Madame Leclerc qui aussi portait une des robes aux 30,000 francs, joua gros jeu un soir chez madame de M.......... Elle perdit 36,000 francs, qu'elle paya en un billet comptable le lendemain, à l'hôtel. Cet incident détermina Buonaparte à envoyer Leclerc et sa femme à Saint-Domingue. C'était un adieu *à la Corse*. Leclerc y mourut. Elle y avait établi une compagnie de très-beaux hommes pris dans l'armée, et dont elle fit sa garde d'honneur. Elle même choisit l'uniforme. Elle montait quelquefois à cheval et courait à leur tête.

Voici une anecdote sur Lasne. Il commandait alors la cavalerie de la garde consulaire.

Le soir du 18 brumaire an 10, jour de la commémoration de la fameuse journée de *Saint-Cloud*, où les Représentans de la Nation furent chassés du lieu de leurs séances par Buonaparte, quand on tirait le feu d'artifice de dessus un temple immense construit sur la Seine, Buonaparte et plusieurs de ses parens et intimes étaient aux fenêtres du pavillon de Flore. Madame Bacciochi et madame Lœtitia Buonaparte, en robes de Pekin gris, et en baigneuses, tournaient le dos au peuple, qui était en belle humeur et siffla. Buonaparte fut très-irrité de ces sifflets qui certainement étaient envoyés par des personnes très-peu favorables à son avènement au pouvoir suprême; car les gens sensés n'ignoraient plus son dessein. On le pouvait deviner par l'espèce d'étiquette aulique qui s'observait déjà dans le palais. Buonaparte, furieux, envoya chercher le chef de la garde consulaire, qui était alors Lasne. La cavalerie consulaire était à ses postes sous les fenêtres de la grande galerie de Henri IV. Le général Lasne était à son hôtel, appartenant autrefois à la maison de Noailles. Il se rendit à la prière du premier Consul, qui lui dit, furieux : « Pourquoi n'êtes-vous pas à votre poste ? rendez-moi compte de ces sifflets. Qui a sifflé ? Les ministres étrangers sont aux fenêtres de la galerie.. Ils ont tout vu. — Tu te moques de moi, répondit Lasne. Je me f... des sifflets. Le peuple s'amuse... Il est en goguettes... C'est aujourd'hui jour de fête. » — Buonaparte lui répondit. « Lasne, rappelez-vous que je suis premier consul, et que je ne suis plus votre égal. Faites votre devoir. » — Tu ne me disais pas cela à l'armée, quand tu avais besoin de moi. Tes camarades te tutoyaient alors. — Général, rendez-vous aux arrêts », cria-t-il furieux, mettant la main sur l'épée. Lasne se retira en jurant et alla s'enfermer dans son hôtel. Il était dix heures du soir. Une demi-heure après, il reçut un message avec des lettres de créance près la cour de Portugal. Il répondit au messager : « Dites au premier consul que je ne sortirai de Paris que quand il me plaira ». Dès l'aurore, il demanda sa voiture. A sept heures, il était à la porte du trésor public. Il demanda le ministre, et donna son nom. Le ministre était déjà à son cabinet. Lasne entre, place ses pistolets sur une table et lui donne un écrit conçu en ces termes :

« Lors du passage des canons à travers les Alpes, » avant la bataille de Marengo, moi, général Lasne, » ai prêté au Consul Bonaparte 420,000 francs en lettres

» dechange sur la banque de Venise. Je prie le citoyen..:
» de me compter la même somme sous cinq minutes ».

Le Ministre trembla et paya. Lasne, satisfait, se retire à son hôtel. Le Ministre des finances et le premier Consul savent bientôt l'événement. Celui-ci invite Lasne au palais. Le général s'y rend en grand uniforme. Buonaparte lui fait doucement des reproches, et lui dit qu'il était capable de lui payer cette dette, sans qu'il allât insulter à un ministre. Lasne répond qu'il en est fâché pour le ministre; mais que lui est content. Buonaparte, de son ton mielleux, alors lui dit: « Il me faut un homme
» comme vous à la cour de Portugal. J'espère que vous
» ne me refuserez pas.—J'irai maintenant où il te plaira.
» — Quand voulez-vous partir? — Il me faut deux
» jours pour me préparer ».

Deux jours après, à l'aurore, tout l'équipage du général était prêt. A sept heures et demie, il prit la route de Bordeaux. Il était à peine à deux lieues de Paris, que soixante dragons se saisirent de lui, au nom du Gouvernement, et le conduisirent à une citadelle.

Tel est l'événement qui a empêché Lasne d'avoir le commandement de l'expédition de Saint-Domingue. Il resta peu de jours en prison, et partit enfin pour l'ambassade de Portugal, où il traita plusieurs fois la vieille reine de vieille f...... p...., en présence de la cour.

(21) L'existence de cette compagnie de Chauffeurs a toujours été douteuse. Il y avait, il est vrai, en France, beaucoup de voleurs de diligences. Il est au moins certain qu'on mêla souvent parmi ces prétendus chauffeurs beaucoup de royalistes et beaucoup d'officiers et de soldats de l'armée de Moreau, qui s'étaient ouvertement prononcés en faveur de ce général : c'était des fournées à la manière de Robespierre.

Je voudrais qu'il me fût permis de dire tout ce que je

sais. Trente mille gendarmes à pied, répandus sur l'Ouest et le Midi de la France, ne suffisaient-ils pas pour écraser ces compagnies de prétendus chauffeurs ? Buonaparte arma alors l'impériale de chaque voiture publique de cinq des meilleurs fusiliers ou carabiniers. D'où pouvaient sortir donc ces chauffeurs si terribles, qu'il fallait tant d'adroits fusiliers pour protéger *particulièrement les envois d'argent* jusqu'à *Paris* ? Qui expliquera l'énigme ?

Moreau, que tes mânes m'entendent ! Il suffit du nom de la ville où tu naquis, pour avoir la certitude que ton cœur était droit, et aimait sa chère et belle France, et les vrais pères de ton pays. Je te vis modeste avec des lauriers plus beaux encore dans ta disgrace. Je te vis ensuite rêvant à ton sort qui devait mettre toute l'Europe en larmes, ou rendre la France à l'honneur et à ses Rois. Ta noble et belle épouse t'aida plus d'une fois des forces de sa grande ame.

(22) Arena, d'origine Corse, ci-devant général de l'armée d'Italie, et parent d'Arena qui, à l'affaire *des Dupes*, à Saint-Cloud, fut un des premiers à vouloir frapper le nouveau César, Arena, dis-je, fut impliqué dans les deux prétendues conspirations de *l'Opéra* et de la machine infernale. Cet infortuné périt en héros avec ses amis Demerville, Ceracchi, etc.

On a remarqué que, le soir de l'explosion de la machine infernale, le carrosse de madame Buonaparte, qui partit une demi-minute avant celui du premier Consul, ne prit pas le chemin accoutumé, mais par la rue où étaient les Petites-Ecuries, passage tortueux, et qui n'était jamais fréquenté par les voitures du palais. Pourquoi chercher un passage si détourné et si étroit, pour aller à la rue Saint-Honoré ?

On a aussi remarqué que parmi les victimes de cette

prétendue conspiration, il se trouvait des royalistes, des républicains, des jacobins, des buveurs de sang. Quatre-vingt-trois furent exilés à Madagascar. Pourquoi à Madagascar, quand on avait l'habitude d'exiler à Cayenne?

Enfin, comment l'effet de l'explosion ne se fit-il bien sentir qu'à l'ouest de la rue Saint-Nicaise, et nullement de l'autre côté? L'artifice était certainement disposé de manière à agir horizontalement. Les vitres du château furent brisées de l'explosion; mais, l'est de Paris ne sentit presque rien.

La main du diable était là.

En un mot, si ces hommes étaient coupables de conspiration contre l'Etat, ou d'homicide, etc., ils méritaient la mort.

Il n'y a en Europe qu'un ou deux hommes qui pussent expliquer ces mystères.

(23) Toussaint-Louverture et ses officiers avaient sauvé la Colonie. Elle était très-florissante quand Leclerc y arriva. Tous ces officiers, accoutumés au respect public, ne demandaient qu'à être conservés dans leurs dignités. Ils le méritaient. C'était tous des hommes fort polis, fort braves, et bien pénétrés des sentimens de l'honneur.

Leurs quarante malles de riches vêtemens furent enfoncées pendant le voyage. Tout fut réparti entre cinq ou six chefs matelots. Le capitaine de la corvette connaissait les coupables: il n'osa dire mot; peut être l'équipage se fût révolté, eût égorgé l'état-major, et donné la liberté aux Nègres enchaînés, pour prix de leurs richesses. Digne conséquence d'un régime où nul homme n'est plus ramené aux idées d'honnêteté et de subordination, que par la crainte de l'échafaud!

FIN.

www.ingramcontent.com/pod-product-compliance
Ingram Content Group UK Ltd.
Pitfield, Milton Keynes, MK11 3LW, UK
UKHW012220240726
13966UKWH00003B/859

9 782011 740113